# 超越者となったおっさんはマイペースに異世界を散策する6

A L P H A L I G H T

神尾優
Kamio Yu

アルファライト文庫

主な登場人物
バーラット
SSランク冒険者。
隙あらば酒に
手を出す、困った
おっさん。
ヒイロ
神様から
最強スキルを貰い、
異世界を旅する
42歳のおっさん。
レミー
トウカルジア出身。
冒険者で、
隠密行動に長けた
忍者でもある。
ニーア
明るく活発な、
ぼくっ娘妖精。
邪妖精とは一緒に
しないで欲しい。

ネイ
本名、橘翔子。ヒイロと同時に召喚された勇者のうちの一人。
ヒビキ
王国最強のSSSランク冒険者。丁寧な物腰だが、ちょっと頑固。
ミイ
智也に付き従っている少女で、犬耳と尻尾を持つ獣人。
加藤智也
ネイとともに勇者召喚された青年。人相は悪いが義理堅い一面も。

# 第1話　ネイ、コーリの街に赴任する

　ある日突然、若者限定の筈の勇者召喚に選ばれた冴えないおっさん、山田博四十二歳。神様から【超越者】【全魔法創造】【一撃必殺】という三つのチートスキルを与えられた彼は、ヒイロと名を改めて、異世界を旅することになった。

　妖精のニーア、SSランク冒険者のバーラット、忍者のレミー、そして同じ日本人で勇者のネイとともに、ヒイロはホクトーリク王国の王都セントールへと呼び出される。

　一行は、街の住民が無差別に呪術をかけられるという騒動を無事に解決。その結果、ネイが伯爵位を与えられ、バーラットがホームにしていたコーリの街を治めることになった。

　コーリの街に戻るべく王都を後にしたヒイロ達だったが、とある目的のために港街ママシツへと向かう。

　その目的とは、太古より生き神龍帝と呼ばれるエンペラー・エンシェントドラゴンと会い、人間と魔族の確執の原因を聞き出すというもの。

　やがて神龍帝と相見えたヒイロは、元々知ろうとしていた情報以外にも、自身の持つ【超越者】と【全魔法創造】のスキルが、かつて世界を滅ぼしかけた魔龍と天使の力の残滓だったことを知らされる。

　自身の能力とようやく正面から向き合ったヒイロは、使いこなせるようになることを決意し、仲間達とともに、コーリの街へと戻ったのだった。


「……で、ヒイロさんは何をしてるわけ？」

「【超越者】を身体に馴染ませているらしい」

　コーリの街にある、バーラットの屋敷。

　部屋の扉を開けてすぐに目に飛び込んできた異様な光景に、ネイが呆れ顔で言葉を零すと、ソファに座っていつものように晩酌をしていたバーラットが苦笑しながら答えた。

　ネイがコーリの街に赴任して、早四ヶ月。

　日々へとへとになりながら働いているというのに、帰ってきたらおっさんがテーブルに金貨を積んでいるとなれば、ネイが呆れるのも仕方がなかった。

　ヒイロは今、テーブルに並べた金貨を一枚一枚重ねてタワーを作っている。その表情は真剣そのもので、金貨を摘む指は小刻みに震えていた。

「今、80パーセントなんだって。気を抜くと力が入りすぎて、金貨が折れ曲がっちゃうみたいだよ」

「なんで、そんなもったいない訓練を……」

　ニーアの解説を受けてますます呆れるネイに、バーラットもコップを口に運びながら同意するように肩を竦める。

「実害があるほうが真剣にやれるからだそうだ……既に十枚ほどやっちまってるがな。最初は大白金貨でやろうとしてたから、皆で止めた」

「でしょうね」

　そんな大金に被害が及ばなくて良かったと、今日一日金策に奔走していたネイが曖昧な笑みを浮かべる。

　すると、金貨を二十枚重ね終わってホッと一息ついたヒイロと目が合った。

「やや っ！　ネイ、いつのまに」

「いつのまにじゃないわよ、私はとっくの昔にいました。本当に、どんだけ集中してんのよ」

「そうでしたか。力を使っている間に周りが見えなくなっているのでは、私もまだまだですね。【超越者】さんとの連携をもっと密にしなくてはいけません……それで、今日はどうでした？」

　今日の成果を聞いてくるヒイロに、ネイは笑みを浮かべる。

「ヒイロさんにアイデアを出してもらったお陰で、なんとかなりそう」

「アイデアといっても、元の世界では普通にある仕組みですよ。でも、上手くいきそうならよかった……確か、今日が試験運用の開始日でしたか？」

「ええ、本当に大変だったわ……」

ネイはヒイロの言葉にため息をつきながら頷きつつ、この四ヶ月にあったことを思い出していた。

コーリの街は、ホクトーリク王国南部、クシマフ領の主要都市だ。

そのため、自然に富が集まってくる街である。

故に、この地を任される立場である貴族階級の間では、労せず治められる都市として有名だった。

そんなわけで、今回新しく赴任してくる貴族も歴代の担当貴族と同じく何もしないのだろうと、コーリの街の職員達は考えていた。

しかし――

「えっ！　税の15パーセントが私に入ってくるの？　そんなに要らないわよ。そうね……そういえばテスリスが孤児達を何とかしてくれって言ってたっけ。私の取り分は全部、孤児院に回して」

税収の使い道を聞いたネイは、いきなりそんなことを言い出した。

今までの貴族は、いかに街にかける費用を抑えて、自分の懐に入る金額を増やすかということばかりに躍起になっていた。酷い時には、この地を治めていたカエル顔の貴族が、税の30パーセントにも及ぶ金額を着服していたなんて時代もあった。

そんな中、新たに赴任してきた少女は、顔合わせ初日に税をむしり取るどころか、要らないとまで言ってのけたのだ。このことは職員達を大いに驚かせた。

「いやいや、ネイ様！　貴族としての体面を保つためには、それなりのお金が必要でしょう」

「う～ん、成り行きで貴族の肩書きを貰ったけど、私はあくまで冒険者であって、貴族として生きるつもりはないのよね。住む所はバーラットさんとこに転がり込むつもりだし、食い扶持は自分で稼ぐから、問題無いわよ」

さすがに心配した職員の進言に対し、あっけらかんと返すネイ。貴族という肩書きに執着しないそんな態度に、職員達はアングリと口を開けたのだった。

それからネイの指揮のもと、コーリの街の改革が始まった。

ネイが最初に行ったのは、宣言通り孤児達の保護。孤児院を増設し、街の裏通りでひっそりと暮らしていた孤児達を全員招き入れた。

そうして二ヶ月ほどかけて孤児の保護を終えた彼女は、次に冒険者ギルドを訪れた。

「貴方がギルドマスターですね、はじめまして。私はこの度コーリの街に赴任してきたネイです。アメリアさんは毎日顔を合わせているから挨拶はいいよね」

応接間に通されたネイは、コーリの街の冒険者ギルドのギルドマスター、ナルステイヤーにざっくりとした挨拶をすると、その隣に立っていたアメリアにウインクする。

その軽い態度にアメリアは苦笑いし、ナルステイヤーは笑みを零した。

「フォー、ホホホ。噂通り、今回赴任してきた貴族様は面白い方のようですな。ささ、どうぞ座ってくだされ」

「貴族様なんてやめてくださいギルドマスター、私は冒険者のつもりなんですから。この街でも私は、貴方が差配する組織に所属してるんですよ」

ネイは勧められるまま、ナルステイヤーの向かいに座る。彼女が貴族様などと呼ばれてくすぐったそうに返すと、ギルドマスターはますます破顔した。

「儂のことはナルステイヤーで結構ですじゃ。街のトップでありながら、その中のギルドに所属してるとはややこしいですな……ネイ殿とお呼びさせてもらっても？」

「う～ん、目上の人に丁寧に話されると調子崩しちゃうんですけどね。まあ、立場上仕方ないし、『様』よりはマシか……それでお願いします」

一通り挨拶が済み、ギルド職員が持ってきた紅茶で一息ついたところで、ナルステイヤーが白眉の奥の瞳を光らせる。

「して、今日は何用でお越しいただいたのでしょうか？」

本題の提示を促すナルステイヤーに、ネイはカップを置くと両手をテーブルについてググイと前屈みになった。

「実は……」

真顔のネイの迫力に釣られて、ナルステイヤーとその背後に立つアメリアが緊張にゴクリと喉を鳴らし、彼女の次の言葉を慎重に待つ。

「ヒイロさんから、もしかしたらギルドリングに登録されている名前を変更できるかもしれないと聞いたんですけど、可能ですか？」

「はっ？」

ギルドリングは、冒険者のステータスや略歴を登録しておく身分証のようなものだ。

どんな難問を持ち込まれるのかと身構えていたナルステイヤーは、ネイが真顔で発する言葉に間の抜けた声を出す。その背後では、アメリアが頭を押さえていた。

しかし彼女は、意を決してネイに向き直る。

「えっと……つまりは名前の変更をお望みで？」

恐る恐る聞き返すアメリアにネイが重々しく頷くと、ナルステイヤーはため息をつきながら首を左右に振った。

「一冒険者なら一考の余地もありましたが、ネイ殿の名は既にコーリの街に広まっております。それに貴族としても国に名前を登録されとるでしょうから、さすがに改名は無理ですじゃ」

「ですよねー……ああもう！　貴族になるなんて、予定になかったのよ」

妖魔貴族討伐後のキワイルの街で、改名できるかもとヒイロから聞いていたネイ。それ以来、いつか実行しようと思っていた彼女の黒歴史の抹消計画は、こうして潰えたのだった。

天井を仰いで呻いていたネイは気を取り直して、彼女の奇行に呆然としているナルステイヤーとアメリアに向き直る。

「まっ、無理なものは仕方ないわね……じゃ、本題に行かせてもらいます」

「今のが本題じゃなかったのね」

唖然とするアメリアに、ネイは苦笑いを浮かべた。

「アメリアさん、さすがに私だってこの忙しい時期に、こんなことのためだけにギルドを訪れはしませんよ」

「ヒイロさんと同郷と聞いてたから、突拍子の無い行動はその辺りが原因かなと……」

「ヒイロさん……この街で一体、何をしたのよ」

呆れ顔のネイがそう言うと、アメリアが顎に手を当てる。

「冒険者になりたてで上位ランクの魔物を次々と狩ったり、公にはできないような、とんでもない素材を持ってたり」

「あー、ヒイロさんならやるわね。その気になったらランクAの魔物すら、片手間で倒せちゃう人だもん」

「うおっほん！」

二人がいつも通りの口調になってきたため、ナルステイヤーがわざとらしく咳払いする。

ギルドマスターの警告に、アメリアは慌てて居ずまいを正し、ネイに向き直った。

「ネイ殿、申し訳ありませんでした。では、本題に入っていただけますか」

「ほんと、立場上しょうがないですね――では」

ネイもアメリアに倣って背筋を伸ばすと、改まって口を開く。

「実は、年齢が理由で引退した元冒険者を紹介してもらいたくて来たんです」

「高齢の元冒険者を、ですかな？」

ナルステイヤーが片眉を上げながら不思議そうに聞き返すと、ネイは頷いた。

「今回私は、孤児院を増設してコーリの街の孤児を全て保護しました」

「はい、その話は聞いております。何でも、税のうち自分の取り分を全てそちらに回されたとか。行政に携わる職員達が、まるで自分のことのようにあちこちでネイ殿を自慢しておりましたのじゃ」

ナルステイヤーがニヤリとしてそう話すと、ネイは「何をやってるのよ」とそっぽを向いた後で話を続ける。

「それで、孤児院にいる子供達に将来どうしたいのか聞いたら、七割ほどの子供が冒険者になりたいと答えたんです」

「孤児のほとんどは、この地で亡くなった冒険者の子供でしょうから、親に憧れる者は確かに多いでしょうな」

「はい。ですが、冒険者は命を懸ける過酷な職業。子供達を何の予備知識もなくそんな世界に放り込むのは少しはばかられて……ちょっとヒイロさんに相談してみたんです」

「ほう、ヒイロ殿に」

ヒイロの名に、ナルステイヤーは興味を示す。

その態度に、『やっぱり若い私より、ヒイロさんみたいな実力者の名前を出す方が説得力があるわよね』と内心ほくそ笑みながらネイは話を続ける。

「ヒイロさん曰く、確かに心配ですけど、子供のやる気を潰すようなことはしたくない。だったら、引退した冒険者さんと子供達を組ませてみては、とのことでした」

「ふむ……」

考え込むナルステイヤーに、ネイは少し間を置いて口を開く。

「歳を理由に引退した冒険者は、体力こそ衰えてはいても、冒険者として生き残る知識と経験が豊富な筈です。そういう方に子供達とパーティを組んで、簡単なクエストをやってもらうことで、その知識と経験を子供達に伝えて欲しいんです」

「ほほう、それは面白いことを思いつきましたな」

「せっかく孤児院で普通の生活を送れるようになった子供達が、冒険者になって死んでいくなんてことになったら、後味が悪すぎますから」

伝えたいことの半分を伝えただけで喉が渇いてしまい、紅茶を口に含むネイ。

ナルステイヤーは少し考え込んでから目の奥を光らせた。

「して、年配の冒険者達への報酬はどうするつもりですじゃ？」

もっともなナルステイヤーの疑問に、ネイはやっぱり来たかと思いつつ、紅茶の入ったカップを置きながら気を引き締める。

「そこは、ギルドにも協力してもらいたいんです」

「と、いうと？」

「彼らには、シルバーセンターという組織に所属してもらいます。冒険者だけでなく、鍛冶屋や大工など、職人を引退した人達も所属する組織です。そこには街の税金も投入しますが、冒険者ギルドや商人ギルドなど、関係する各ギルドからも少しずつ出資をお願いしたいんです」

せっかく潤した喉が渇いていく感覚を覚えながら、建設的な話を望むナルステイヤーへ訴える。

「所属している元冒険者達は、シルバーセンターによって様々な現場に派遣されます。ですが報酬は派遣先から直接受け取るのではなく、シルバーセンターから、それぞれの働きに応じて給金として分配する形にします。代わりに、冒険者ギルドは普段より多めに中抜きをして、その多い分をシルバーセンターへの出資金に回すんです。新人に渡る金額は減りますが、シルバーセンターを通さずに指導してもらうよりは多く残る筈なので、新人の収入を奪うこともないかと思います」

「ふむ……ギルドとしても、所属している新人の冒険者や職人が早く成長すれば、それだけ受けられる依頼の総量も増えるので、結果的には出資した分を回収できるというわけですな」

興味を示したナルステイヤーに、背後からアメリアが口を挟む。

「新人の冒険者は無茶な行動をしがちで死亡率もそれなりに高いですから、彼らを諌めたり守ったりしてくれる人の派遣はありがたいです。所属している冒険者が減らないことも利点ですよね」

「ええ、それにこの街には、現役を引退して暇を持て余している元気なご老人が結構いると聞いてます。そういう方々に職を与えられるだけでなく、指導のできる人をギルドが探して雇う手間と人件費も省けるので、そういう意味でもギルドにとっては利になると思いますよ」

淀みなくネイが答えるのを見て、ナルステイヤーは初めっから口裏を合わせておったな、と背後のアメリアに鋭い視線を送る。

しかし当のアメリアはそんな視線を、気付かないフリをしながら笑顔で受け流すだけだ。

ナルステイヤーは深々とため息をついてネイに向き直った。

「ギルドへの交渉は、ここが最初ですな」

二人の思惑を完全に読み切ったナルステイヤーがそう切り出すと、ネイはバツの悪そうな笑みを浮かべる。

「ええ。コーリの街で一番大きいギルドである冒険者ギルドが乗ったとなれば、他のギルドとの交渉が楽になりますから」

若さゆえか、隠し切れなかった腹を簡単に割ってしまうネイに、ナルステイヤーは渋面を作った後で盛大に笑った。

「フォー、ホホホ。ま、確かに新人の死亡率が下がるかもしれないというのは魅力的な提案ですな。引退した冒険者の働き口を作るというのも、アフターケアの面でギルドとしてはありがたい。いいでしょう、冒険者ギルドはネイ殿の提案に乗ります」

「本当ですか！　ありがとうございます」

簡単に頭を下げるネイだったが、ナルステイヤーは笑みを消し「ただ、もうちっと貴族という立場を駆け引きの力にした方が良いですな」とチクリとした忠告をする。

老獪さが見え隠れする一言に、ネイはただただ苦笑いを浮かべた。

「しかし、ここを治める貴族ならまずは商業を改革して、街に入ってくる税を増やそうと思うのが当たり前じゃと思っておりましたが……福祉に力を入れるとは、ネイ殿は本当に変わっておりますな」

「ははは、そっちの方はてんで素人なんで、下手に手を加えても上手くいくか分かりませんから。それに、少しでも住みやすい街にすれば、それだけで人は集まってくれるかなーって」

裏表の無い笑みを浮かべるネイを、ナルステイヤーは真剣に見つめた後で、悟ったように頷く。

「ふむ、その心構えで他のギルドも回ればこの話、案外上手く運ぶかもしれませんな」

「あーっ！　そうよね、まだまだ回らないといけないギルドがあったんだ」

一仕事終えてホッとしていたが、これがまだ最初の一歩であることを思い出して、ネイは頭を抱えながら呻くのだった。

――そんなこんなでこの二ヶ月働き続け、今日でネイの仕事は一段落した、というわけである。

「御苦労さんだったな。で、うまくいきそうか？」

「う～ん、そうね。一応皆も協力してくれてるし……最初は『若い貴族が頑張ってるから、今後の付き合いも鑑みて協力しておくか』って感じだったけど、今はかなり協力的だしね」

バーラットにそう答えつつ、ネイはいたずらっぽい笑みを浮かべる。

「あーあ、バーラットさんに協力してもらってたら、もっと簡単に色々進んだ筈なんだけどなー」

「それはないな。俺がついていったら、胡散臭くなっちまう。ネイが真剣に交渉したからこそ、ギルドマスター達は協力してくれたんだよ」

「だよねー。バーラットが間に入ったら、預けたお金が何に使われるか怖くて簡単には乗れなくなるよね」

街での自分の評判を正確に把握しているバーラットに、テーブルの上に座っていたニーアが茶化すように同意する。

バーラットに睨まれるも、どこ吹く風のニーア。

そんないつも通りな二人に苦笑しながら、ネイは言葉を零す。

「まあこの調子なら、近いうちに仕事を完全にギルドマスター達に引き渡せそうね。そうしたら……」

「晴れてネイは冒険者に復帰できるってわけだ」

ニーアの言葉にネイが嬉しそうに頷くと、ヒイロは柔らかい笑みを浮かべた。

「これで、やっとトウカルジア国に行けますね。レミーに早く里帰りをさせたかったので、一安心です」

「何を言ってやがる。レミーのことより、お前が早く行きたかっただけだろ」

バーラットの言葉に反論せずに、ヒイロは苦笑いする。

その姿は、バーラットの言が的を射ていることに他ならない。そんなヒイロに同調するように、ネイも笑顔になっていた。

（米、醤油、味噌を作った、トウカルジア国のギチリト領か……裏で間違いなく同郷の人が絡んでいるとなると、確かに行くのが楽しみよね）

実のところネイは、軽い気持ちで言った政策が思いのほか大ごとになってしまって、辟易していた。しかし『やっと冒険者に戻れる』と思うと、この四ヶ月の疲れなど吹っ飛ぶような気持ちになっていた。

と、そこに、部屋のドアが開かれる。

「今日は、少し豪勢にスキヤキにしてみました」

鍋を持って部屋に入ってきたのは、今しがた話題に出たレミー。

「おおっ！」

「えっ！　本当！」

いち早くヒイロとネイが反応する。

「すき焼きといったら、やっぱり生卵ですよね。生でもいける新鮮な卵なら、いくらでもありますよ」

レミーが鍋をテーブルの中央に置いている間に、ウキウキしながら時空間収納から次々と卵を取り出すヒイロ。

そんな彼を見て、生卵を食べる習慣のないバーラットが顔を引きつらせた。

「おいおい、生で食べるもんじゃないだろ、卵は」

「いえいえ。すき焼きは、といた生卵で食べるのが王道なんです」

「本当かよ」

半信半疑のバーラットに、レミーとネイが揃って頷く。

二人が同時に肯定したことで事実なんだと理解したバーラットは、ため息混じりにこうべを垂れた。

「まっ、今までのレミーの料理で美味くなかったもんは無いし、試してみるか」

「何故、二人に確認を？　そんなに私が信じられませんか？」

ヒイロが不満そうに食ってかかると、彼は半眼でビシッと指差す。

「ヒイロの常識はどこかズレてるんだよ」

「あはは、だよね」

「否定はできないかな」

バーラットの指摘に、ニーアとネイが同意し、レミーは困ったように微笑む。

そしてヒイロが憤慨(ふんがい)する中、夕食は楽しく始まったのだった。

## 第2話　トウカルジア国入国

コーリの街から、ホクトーリクとトウカルジアの国境までは約四日。

ネイの仕事の引き継(つ)ぎを終えてコーリの街を出発したヒイロ達は、滞(とどこお)りなく国境越えを果たし、特に大きな問題もなくトウカルジア国、ギチリト領を進んでいた。

移動手段は徒歩(とほ)のみだ。

実のところ出発前には、乗合馬車を使おうというバーラットやレミーの提案もあった。

しかし、急ぎの旅でもないのだから徒歩でゆっくりと旅を楽しみたいという考えのヒイロとネイに押され、その提案は却下(きゃっか)されていた。

「――それにしてもまさか、あんな小さな村の食堂でカレーが食べられるなんてね」

「その前の街では野草の天ぷら、そのまた前の街では、蕎麦(そば)が名物になってましたね」

今出てきたばかりの小さな村の名物のカレーを堪能(たんのう)して、上機嫌のネイ。

それに頷くヒイロも、大きな街にしか停留(ていりゅう)しない乗合馬車では発見できなかったであろう各地域の名物に、徒歩を選択して正解だったと確信していた。

「うむ、天ぷらというのは、セイシュとかいう酒とよく合って美味かったな」

「ぼくは、最初の街で食べたふっかふかのパンケーキが美味しかったなぁ、蜂蜜がいっぱいかかってて最高だったよ」

顎に手を当てながら酒の味を思い出しニヤリとするバーラットと、ヒイロの肩でよだれを垂らしかねない表情のニーアに、レミーがクスクスと笑って言った。

「ふふ、地方の村や街では、その地でとれるものを料理して名物にしてますけど、ウツミヤの街には各地の名物が集まってますから、もっと様々な食べ物を堪能できますよ」

「それは楽しみだね」

ニーアは心底楽しそうで、異論がないとヒイロ達も頷く。

既に食い道楽の旅へと目的が変わってしまっている一行はゆっくりと、しかし確実にギチリト領領主のいるウツミヤの街へと向かっていた。

そんな平穏そのものの旅に、ほのぼのとしていたヒイロ達であったが——

——ギィン！

彼らの耳に突如、甲高い金属音が遠くから届いた。明らかに剣戟のものと思しき音である。

その音に、バーラットは気の抜けていた表情を一気に引き締め、無言でマジックバッグから銀槍を引き抜いた。

それに倣い、ネイは腰の剣に手をかけ、ヒイロも時空間収納から鉄扇を取り出す。

辺りは遮蔽物のない平原だったため、進行方向の遠方に、複数の人影が辛うじて見えていた。

「人数は……十五。立っている位置的に十四対一で戦っているようですね」

距離的にまだ得物に手をかけてはいないが、それでも隙の無い立ち姿へと変わっているレミーの報告に、ヒイロが渋面を作る。

「……人間同士なんですか？　魔物が出たという可能性は……」

「あんな金属音が聞こえた時点で、互いに武器を持ってるってことだ。人型の魔物なら可能性もあるだろうが、レミーが人と魔物の気配を読み間違えることはあるまい」

ヒイロが希望的観測を多分に含めた質問をすると、バーラットも人同士の対立に首を突っ込むのは面倒くさいと思いつつ、諦め気味に返す。

レミーはその信頼に応えるように自信ありげに頷いた。

そんな二人を見て、ヒイロが肩を落とす。

「どっちに加勢しても、相手は人ですか……嫌なんですよね、人と戦うのは」

「関わらない、って選択肢もあるんだぞ。俺の【勘】は、関わりあうとろくなことがないと言ってるんだがな」

自身のスキルを根拠にバーラットはそう言うが、ヒイロは首を横に振った。

「バーラットの勘は信頼できますが……こうして出会ってしまったんです。そんなわけにもいかないでしょう」

　バーラットは予想通りの返答に肩を竦める。そして、どうせ人数の少ない方に加勢する羽目になるんだろうな、と思いつつ足取り重く駆け出した。


「くっ！　こいつ強い！」

　一合剣を交わし怯んだように呻いたのは、十人を超える手下を持つ男。人数的には有利な筈の、野盗の頭だった。

　年の頃は十代後半。ボサボサの黒髪を無造作なオールバックにしていて、粗暴な風貌ではあるが顔立ちは整っている。が、髪と同じ色の瞳が三白眼で、人相が悪かった。

　身長は百八十センチほどで、細身ながら筋肉質な身体を持つ彼だったが、打ち込んだ刃幅の広い大剣を事も無げに弾き返され、憎々しそうにその相手を睨む。

　しかし当の睨まれた女性は、物怖じ一つせずに手に持つ刀の先を男へ向けていた。

「もう一度聞きます。最近この辺りで略奪を繰り返している野盗とは、貴方達のことですね？」

　凛とした声は、丁寧ではあるが冷たい印象を与える。

　その人物のストレートの黒髪はポニーテールにしても腰まで届くほどに長く、涼やかな薄青色の着流しを着ていた。

身長は対峙している男と同じくらいだったが、ピンと伸びた姿勢のためか、背筋を丸めるように大剣を構える男よりも長身に見えた。

「へっ、だったらどうするって言うんだよ」

「この場で捕らえさせてもらいます。抵抗すると言うのであれば、殺すことも厭いませんよ」

生殺与奪権が自分にあるかのような物言いに、男の怒りはあっという間に沸点に達した。

「ふざけるな！　この人数相手に勝てるつもりか！」

「ふふ、有象無象が集まったところで、私にとっては意味の無いことです」

冷たく嘲笑するその顔は美しく、残忍さを帯びている。

男は一瞬怯んだが、すぐに背後を振り向く。

「テメェら、こいつを囲め！」

男に言われて、小汚い装備で身を固めた手下達が相手を囲むように移動し始めた。

「ふん、これで……」

包囲網が完成し、頭が笑いながら勝ち誇って口を開くが、一人彼らと対峙している女は意に介さず、刀を鞘に納める。そして――

「抜刀術、閃空！」

その言葉とともに、腰を落として神速の居合いを抜き放った。

居合いの軌道に真空の刃が生み出され、瞬時に右側に展開していた手下三人を切りつける。

「なっ！」

あっという間に包囲網の一角を崩され、頭は目を見開く。女は余裕ある笑みを口元に湛えた。

「私を囲むなど、無意味ですよ。さあ、次は――」

女の問いが終わる前に、野盗の頭は残った手下達を見て叫んだ。

「テメェら、逃げろ！」

「えっ！　ですが頭……」

「分からねぇのか！　テメェらじゃ、足手まといにしかならねぇんだよ！」

反論しようとする手下の一人を、頭は一喝する。

その思いを受け取った手下達は、怪我を負った三人に肩を貸しながら散り散りに逃げ始めた。

突然手下達に撤退を命じた頭に、女は初めは面食らっていた。

しかし、すぐに表情を鋭くして、手下達に向かって再び刀を鞘に納める。

「させるかよ！」

「くっ！」

逃げる手下達を追撃しようとしている女に、頭が大剣を振り上げ襲いかかる。

技の発動を邪魔され、女は仕方なく刀を抜いて、振り下ろされた大剣を受け止めた。

「部下を逃すとは……野盗のくせに随分と殊勝な方ですね」

「ふん！　足手まといなんて、いくらいても邪魔だと思っただけだ」

女はそう反論する頭の大剣を、ジリジリと押し返していく。

頭は両手で大剣を握って振り下ろしているにもかかわらず、女が右手だけで持っている刀に押し返されていた。

「くっ！　化け物が……」

これは勝てないと悟りつつ、頭が吐き捨てる。

しかし次の瞬間、横合いから舌ったらずな声がかかった。

「おやぶんをいじめるなぁ！」

女は殺気のこもった視線をそちら側に向けるが、思わずその目を点にした。

そこにいたのが、震える両手でナイフを構えて立つ、六、七歳くらいの少女だったからである。

ボロボロの服を着た茶色い髪の少女は、獣人であることを証明するように頭部から犬耳が生えていた。

尻の辺りから生えているフサフサの尻尾は、恐怖のためか内側に丸まっている。

「……貴方は……こんな子供まで駆り出していたのですか？」

頭へと視線を戻して非難する女に、同じく少女を見ていた頭がブンブンと首を横に振る。

「ミイ！　お前はアジトに残ってろって言っただろ！」

「だってぇ……」

一喝されて犬耳を伏せるミイは、それでも健気に頭の方に近付きながら、構えているナイフを下げる様子はない。

怯えながらも引く気配を見せないミイに、頭は懇願するように女を見る。

「頼む、こいつは関係ないんだ」

「うむぅ……」

さすがにこんな子供まで手にかけるつもりはないと、女は唸る。

するとそこへ、困惑した声が今度は後方からかかった。

「加勢します！　……って、これはどういう状況なんですか？」

鍔迫り合いを解いて、少し距離を取りながら振り向いた二人を見て、ヒイロは困惑した。

大剣を持つ人相の悪い男は確かに悪党に見える。

しかしその隣には、争いの場には不釣り合いな獣人の少女がいる。彼女は怯えながらもナイフを握って、男と対峙する相手に向けていた。

対する相手は、刀を携えた美丈夫。とヒイロは一瞬思ったのだが――

「ほう、女か。しかも、かなりの美人だな」

先行していたヒイロに追い付いたバーラットが、銀槍の石突きを地面に付け、顎に手を当てながら繁々とその人物を見て呟く。

その視線の先には、サラシを巻いてなお存在感がありまくる胸があった。

「バーラット……あまり凝視しては失礼ですよ」

「あん？　凝視って、どこのことを言ってんだ？　ヒイロ」

「どこって……」

ニヤニヤしながら言い返してくるバーラットの言葉に釣られて、ヒイロは思わず横目でチラリと女性の胸元を見る。

「それを言わせる気ですか？」

慌てて視線を戻しながら、気持ち赤面しつつ非難の目を向けてくるヒイロに、バーラットは「ガッハッハ」と笑った。

「まあ、男なら思わず目がいっちまう立派なものだよな」

「うっ、それは、まぁ……否定できませんが……」

同意を求めてくるバーラットに口ごもってしまうヒイロ。

彼の肩で、ニーアが自分の胸に視線を落としながら「いつかぼくもあのくらいは……」などと呟く一方で、二人の背後では二対のジト目がおっさん達に向けられていた。

「さいってぇ～」

「確かに、あまり感心できる会話ではありませんね」

ネイとレミーはヒイロとバーラットに冷ややかな視線を向けていた。しかしすぐにネイは人相の悪い男の方に、レミーは刀を持った女性に視線を向けて、「んっ？」と同時に目を見開く。

「貴方は……」

ネイが震える声で男を指差す。すると男の方も、「あっ！」と驚きの声を上げながらネイを指差した。

「加藤さん！」

「橘（たちばな）！」

同時に互いの名字を呼び合う。

「知り合い、ですか？」

耳慣れた名字を叫んだネイに、ヒイロが驚きながら確認すると、ネイは神妙（しんみょう）に頷く。

「加藤智也（ともや）さん……私のかつての仲間よ」

ネイが緊迫（きんぱく）した様子で言葉を絞（しぼ）り出（だ）し、ヒイロ達は思わず驚きの視線を男に向けた。

「……追っ手か？」

　バーラットが聞くが、ネイは首を横に振る。

「分かんない。でも、私を連れ戻すためだけに、わざわざ勇者を一人だけで差し向けるかな？」

　逆に聞き返してくるネイに、『確かに追っ手なら、国の兵士を大人数向けた方が効率的だ』と考えたバーラットが「ううむ」と唸る。

「だったら彼はどうしてここにいるんでしょう？」

　答えなど本人に聞かねば分からないだろうと知っていながら、思わず言葉が口を突いて出てしまったヒイロ。

　ネイが『だから、分かんないって』と言い返す前に、女性がヒイロ達に向け刀を構えた。

「貴方がたは、そこの野盗の仲間ですか？」

　聞いてくる冷ややかな声に敵意を感じ、ヒイロ達はギクッと肩を震わせる。

「う～む、厳密に言えば仲間ではないんだが……って、野盗？」

　バーラットが勇者を表すにはあんまりな肩書きに驚きながら聞き返すと、女性はコクリと頷いた。

「ええ、彼は最近この辺りで暴れまわっている野盗の頭です」

「ということは、あんたは野盗討伐のクエストを受けた冒険者か？」

「そうです」

バーラットが何故勇者が野盗なんかやっているのかとネイに視線を向ける。しかし当然、ネイが知る由(よし)もなく、ブンブンと首を横に振るだけだった。

「ううむ……」

ネイの追っ手ならば、加藤智也は刀の女性に任せておけばいい。

しかしそうでないのなら、彼は勇者一行の動きを知る貴重(きちょう)な情報源になり得た。

そう考えたバーラットは、唸りながらレミーを横目に見る。

「レミー。さっき、あっちの女を見て驚いていたが、知り合いか？」

「直接の面識(めんしき)はありませんが……恐らく彼女は、SSSランク冒険者のヒビキ・セトウチ様だと思います」

小声での質問に同じく小声で答えてきたレミーに、バーラットは「ぐぅ」と言葉を詰(つ)まらせた。

「「ヒビキ・セトウチ？」」

出てきた名前はどう聞いても日本人の名前で、ヒイロとネイが二人の会話に割って入る。

バーラットは、苦々(にがにが)しい表情のまま口を開いた。

「冒険者同士の酒の席でよく話題になるバカ話に、大陸で一番強い冒険者は誰か？　というものがある」

「ふむ、それで？」

続きを促すヒイロに、バーラットは声を絞り出すように話を続けた。

「そこで必ずと言っていいほど名前が挙がるのが、クシュウ国のゼブセスと、トウカルジア国のヒビキ・セトウチなんだよ」

それを聞くや否や、ヒイロとネイはバッと勢いよく女性の方に振り向く。

「つまり……彼女は最強の冒険者ということですか？」

「はい。少なくとも、トウカルジア国最強なのは間違いないかと」

レミーの返答にヒイロが頬をヒクつかせていると、ネイが神妙な表情で口に手を当てた。

「でも、ヒビキ・セトウチって名前……私達と同郷なのかな？」

「どういうことだ？」

バーラットは、ネイが何を疑問に思うのか分からない。そんな彼に対し、ネイは視線を女性に向けたまま説明する。

「ヒビキ・セトウチって、どう考えても私達の国で使われているような名前なのよね」

「偶然じゃないの？」

ニーアが軽く返すと、ネイはそう言われてしまうとどうしようもないと「う〜ん」と唸る。

「少なくとも、ヒビキ様の出生は確かですよ。あの方は間違いなくトウカルジア国の生まれです」

「そうなんだ……それじゃあ、偶然なのかな」

レミーの追加情報に、腑に落ちないながらも、ネイが仕方なくといった感じで話題を締めくくると、再び女性の方から声がかかった。

「密談は終わりましたか？　それで、先程の返答をいただきたいのですが？」

智也を牽制しつつも律儀に待っていた女性に対し、ヒイロ達を代表してバーラットが一歩前に出る。

「俺達はホクトーリクの冒険者だ。決して野盗の仲間ではない」

「そうですか……ならば——」

「だが、そっちの男にはちょっと聞きたいことがあってな」

バーラットの返答に一瞬、ヒイロ達への警戒を解きかけた女性。しかし、続くバーラットの言葉を受けて、目つきを険しくする。

「おかしなことを言いますね。ホクトーリクの冒険者が、トウカルジアの野盗に何を聞くというのですか？」

剣呑な雰囲気で不敵に笑う女性に、バーラットは銀槍を持っていた右手に思わず力を入れる。

目の前の女は、獲物と手柄を横取りされるのではないか、という懸念を持っているのだろう。こちらが得物を手放せば、ある程度警戒を解く筈——それが分かっていながらも、バーラットはそうしない。

下手に出れば、この場の主導権を全て彼女に持っていかれると判断したからだ。

「まあ、待て。別に俺達はあんたと事を構えたいと思っているわけではない。えーと……」

「ヒビキ・セトウチです」

バーラットは、『か〜、レミーの勘違いであってほしかったんだがな』と内心で呻きながらも、そんなことはおくびにも出さずに会話を続ける。

「ほう、あんたがあの有名な……俺は、ホクトーリク王国コーリの街の、バーラットという者だ」

バーラットが名を告げると、ヒビキは意外そうに目を見開いた。

「貴方がホクトーリク王国のバーラット殿ですか……お噂はかねがね聞いております」

「噂？　バーラットにも何かしらの噂が立っているんですか？」

最強の呼び声高い有名人がバーラットを知っていることに驚いたヒイロがそう聞くと、ヒビキはコクリと頷く。

「ええ、敵に回したくない冒険者として有名ですよ。実力もさることながら、狡猾で抜け目ない。その上、バックにホクトーリク王家が付いているという噂まである。そんなことを聞いてしまうと、確かに敵には回したくないですね」

敵に回したくないと言いながらも、ヒビキは敵意を解く様子を見せない。彼女の言葉を聞き、ヒイロはバーラットへと視線を向けた。

「敵に回したくない冒険者だそうですよ。バーラットが名乗ったのは失敗だったんじゃないですか？　彼女、必要以上に警戒してるじゃないですか」

「んなこと言われてもなぁ……狡猾で抜け目ないっていうのは、卑怯者と言われてるようなもんだからな、完全に陰口だ。自分がどんな風に言われているか分かってるつもりだったが、それが隣国まで伝わっているとはな」

「大陸中に名を馳せた卑怯者かぁ～。凄いね」

バーラットは嘆くが、心底羨ましそうな視線をニーアから向けられ、ガクッと肩を落とす。

「ニーアの価値観は相変わらずですね……しかし、このままバーラットが交渉しても、ヒビキさんに警戒されるだけ……仕方がない、私が話してみましょう」

バーラットに変わってヒイロが前に出ると、ヒビキはさらに不審そうな視線を彼に向ける。

彼女にとっては見慣れない服であるスーツにコートを着て、肩に妖精を乗せ、手には武器なのかどうかも不明な鉄の扇。その上歩き姿に素人臭さが見え隠れするヒイロがあまりにも場違いに見えるため、不審がるのも仕方がなかった。

「こんにちは。私、冒険者のヒイロと申します」

「……はぁ……」

　仕切り直しとばかりに、腰を四十五度に曲げた丁寧な挨拶をするヒイロに、ヒビキは気の抜けた返事をする。

　この時、ヒビキは智也への警戒を完全に疎かにしていたのだが、当の智也自身も、突然前に出てきたサラリーマンに度肝を抜かれて、逃げるという選択肢が完全に頭から消えていた。

「いやー、私の連れが要らぬ誤解をさせてしまったようで、申し訳ありませんでした」

「誤解？　野盗の頭と話がしたいという、先程の荒唐無稽な話のことですか？」

　営業スマイル全開のヒイロに、ヒビキは得体の知れないものを感じながらも毅然として対応する。

「いえ、それは事実なんですが……別に貴方の仕事を邪魔するつもりはないんです」

「この男と後ろの彼女は知り合いのようですが、それでも私がこの男を捕らえるのを邪魔しないと？」

　既にヒイロ達が介入してくる理由の当たりを付けていたヒビキは、強い口調で問いかける。

　そう言われると、確かに智也が連れて行かれると困るような気がして、ヒイロは口ごもってしまった。

その反応を見逃さず、ヒビキは刀の切っ先をヒイロへと向ける。

「やはり、貴方がたは私の敵のようですね」

「ややっ！　そんなつもりは……」

「問答無用！」

刀を振り上げ、ヒビキがヒイロに迫る。

ヒイロがニーアに目配せすると、彼女は頷いて肩から飛び立つ。それと同時にヒイロは鉄扇を頭上に掲げ、振り下ろされた刀を受け止めた。

ギイィン！　という金属音が響く中、ニーアはバーラットの肩に降り立ち肩を竦める。

「やっぱりこうなっちゃったね」

「まあ、状況的に避けられんわな。本気で話し合いで何とかなると思っていたのは、ヒイロくらいだろ」

バーラットの言葉に、ネイとレミーも大方予想はついていたと頷く。

「でも、あの人の相手がヒイロさんでよかったの？　バーラットさんの方が……」

ヒイロが前に出た時、バーラットは止めなかった。戦闘になることが分かっていたにもかかわらず、だ。

それはつまり、バーラットはヒビキの相手をするのはヒイロが適任だと判断したことに他ならない。

その判断は本当に正しかったのかと聞いてくるネイに、バーラットは苦笑いでかぶりを振った。

「俺とヒビキ・セトウチでは、間違いなくどちらかが死ぬ。それも、割合的には七、三で俺がな。だが、ヒイロなら……」

「誰も死なない選択肢を選び、それを実行できる、ということですね」

自分が死ぬと予想するバーラットの言葉を継いだレミーへと、彼はコクリと頷く。

「それに、いよいよとなれば、俺が加勢すればいいだけの話だ」

「一対一の戦いに割って入るの？　また、要らぬ名声が高まるわよ」

「一対一の戦いにこだわる冒険者なんざ、単なる馬鹿者だ。そんなことで俺を卑怯者呼ばわりする奴がいたら、そいつはただの甘ちゃんさ」

開き直ったようなバーラットの言葉に、ネイとレミーは『そんな考えだから、あんな名声が高まるんじゃないかな』と思いながらも、口には出さずに小さく笑う。

そんな余裕とも受け取れる語らいをしている彼らの視線の先で、ヒイロとヒビキの鍔迫り合いはまだ続いていた。

# 第3話　ヒビキ・セトウチ

　ヒビキにしてみれば最初の一撃は、警告の意味合いを込めた軽いものだった。

　だからそれを鉄扇で受け止められたことには特に驚かなかった……のだが、鍔迫り合いからいくら力を込めてもピクリとも押し込めず、内心で驚愕していた。

(押し込めない……この私が⁉)

　刀は片手で振り下ろしたのだが、それを受けて体勢を崩さないヒイロもまた、得物を片手のみで持っている。

　つまり条件的には五分、いや、上から押し込んでいるだけ、ヒビキの方が有利な筈だ。

(ありえない……この私が力負けしてるというのですか？)

　こと、身体能力で他者に後れを取ったことのないヒビキは、突然の攻撃に戸惑って苦笑いを浮かべているヒイロをキッと睨みつけた。

　自分は必死に力を込めて押し込んでいるのに、対峙する相手の表情には必死さのかけらも見受けられない。

　それがとても悔しく、ヒビキはヒイロを慌てさせようと柄に左手を添えて更に力を込めたのだが――

ギシッ！

自身の手元から嫌な軋みが聞こえ、慌てて刀を引いた。

ヒビキの持つ刀は、特注製だ。

最高の強度を誇る金属、アダマインを含む金属から作り出された玉鋼。その玉鋼にランクSの魔物である巨蛇、ヨルムンガンドの牙を合成し打ち出された刀は、切れ味、強度ともにこの世界でも最高峰の武器だとヒビキは確信していた。

だというのに、先に悲鳴を上げたのは自分の得物だった。

彼女は驚愕の面持ちで、自身の刀とヒイロの鉄扇を交互に見る。

勿論、そんなとんでもない武器が軋むことなど、普通はありえない。人の域を超えた筋力を誇るヒイロとヒビキの鍔迫り合いだからこそ生まれた現象といえた。

「……私の刀より強度が上？　その鉄扇は一体……」

動揺を隠し切れないヒビキに対して、ヒイロとしては正直に答えたかった。

しかし、まさか純アダマイン製の鉄扇にエンペラー種の鱗で補強してますとはさすがに言えず、鉄扇を下げながら申し訳なさそうに頭を掻く。

その姿がヒビキのプライドに傷を付けた。

今まで彼女と敵対した人間は、彼女がヒビキ・セトウチだと知った時点で、例外なく絶望と恐怖をその表情に滲ませていた。

しかし今、眼前にいるどこにでもいるような平々凡々なおっさんはそれを知ってもなお、平静を崩さない。

一瞬にして頭に血が上るヒビキだったが、そこは百戦錬磨の強者、大きく深呼吸しながらゆっくりと平常心を取り戻すと、冷ややかにヒイロを見た。

「いいでしょう。武器も力も貴方の方が上、そのつもりで挑ませていただきます」

宣言して、ヒビキは刀を両手持ちにし、中段に構えて切っ先をヒイロへと向ける。

その隙のない構えを見て、バーラットが呻いた。

「ううむ、さすがは最強と言われる冒険者といったところか」

「ヒイロさんの規格外な力を体験しながら、慌てたのは一瞬だけでしたね」

ヒビキを賞賛するバーラットと、それに同意するレミー。

「ああ。大概の奴は、ヒイロの外見に惑わされたまま、立て直す前にやられちまうからなぁ」

「これは、ヒイロヤバイかな？　もしかしてアレを使っちゃうかも」

苦笑いでニーアがそう言うと、バーラットとレミーが苦々しい表情を浮かべた。そんな三人を見たネイは不思議そうに首を傾げる。

「アレって何？」

「ネイがコーリの街の改革に奔走している間、俺達はヒイロの特訓に付き合っていたんだよ」

「一緒に魔物討伐なんかもやってたんです」

苦々しい表情のままのバーラットとレミーの言葉に、ネイはムッと頬を膨らます。

「何？　私が苦労している間にそんな楽しそうなことしてたの？」

「楽しい？　そんなんじゃないよ。ぼくなんか、何度はたき落とされそうになったか」

その時のことを思い出したのだろう、自身を抱きしめながら身震いしているニーアに、ネイは頬を引きつらせながらバーラットとレミーを見る。

「俺は何度か背後から殴り飛ばされそうになったな……」

「私は、首から上が無くなるんじゃないかってところで間一髪、躱したことが数回……」

明後日の方を見ながら呻くように言葉を吐き出す仲間達に、ネイはヒイロに頼まれて鉄扇を鑑定した時のことを思い出していた。

「もしかして、ヒイロさん……【超越者】の訓練だけじゃなく、アレの能力を発動する特訓もしてたの？」

「俺は止めたんだぞ。ヒイロがあんな鈍器を持つなんて、俺達にとっても脅威だからな」

そう答えるバーラットへと、レミーが苦笑してヒイロを弁護する。

「でも、最後には何とか形にはなってましたよね」

しかしそんな彼女の言葉に、間を置かずにバーラットとニーアが否定の声を上げた。

「形に……なってたか？　あれは攻撃というより、自然災害に近いぞ。俺達はそれに巻き込まれないように距離を取ってただけじゃないか？」

「うん、連携のれの字もなかったね。ぼく達は、ヒイロが暴れている中心から命からがら逃げてきた魔物を倒してただけだもん」

ネイが頬を引きつらせていると、ヒビキが動いた。

中段の構えからの高速の三連突き。

「おおう！」

常人には一つにしか見えない三連の突きに対し、ヒイロは残像を残すような速さで大袈裟に回避行動を取る。

「なるほど、力だけではなく、動体視力と体捌きの速さも異常ですか。ですが！」

確かに身体能力は高いが、その動きには無駄が多い。

これなら技術で押し切れると踏んだヒビキは、連続突きの後に一歩踏み込み、体勢の崩れ切ったヒイロに刀を振り下ろす。

「くぅ！」

何とかヒビキの攻撃が見えているヒイロは、【超越者】の身体能力向上と【格闘術】の動きの補正で、相手の攻撃を避けることができた。

しかし、避けた所に一撃、また一撃と繰り出されることで、徐々に体勢を崩され、ヒイロは舌を巻く。

ギィン！

振り下ろされた一撃をヒイロがかざした鉄扇でなんとか受けると、ヒビキは先程のような鍔迫り合いはせずすぐに刀を引き、次なる斬撃を繰り出してくる。

(さすがは経験豊富な冒険者です。力押しではなく、手数で攻めてきますか……こうなると、いくら身体能力で勝っていても経験不足な上、得物が短い私の方が不利ですね)

幾多の斬撃を鉄扇で受けつつ、ヒイロは冷や汗をかきながら徐々に後退し始める。

一方、優勢である筈のヒビキもまた、焦っていた。

(刃こぼれが酷い……本当になんなんですか、あの鉄扇は！)

ヒイロに受けられる度に刃こぼれしていく自身の刀を心配し、ヒビキはあまり時間をかけられないと悟って連撃をやめ、刀を鞘に納めながら腰を落とす。

その所作を見て、ヒイロは咄嗟に後ろに飛び退いて距離を取った。

「ヒイロ！　せっかくのチャンスなのに、なんで距離を取るのさ」

「いやー、天翔けそうな構えだったので、つい……」

「あー、避けても真空空間を作られたら怖いもんね。って、そんなもんできるかぁ！」

背後から飛んでくるニーアのヤジに、ヒイロがボケてネイがノリツッコミを入れる。

余裕ある態度に見えるが、ヒイロは心の中で渋面を作っていた。

(ニーアの言う通り、連撃が止まった瞬間はチャンスだったかもしれませんね。ああいう場面で咄嗟に前に出る判断ができずに引いてしまうのは、やはり経験が足りてないからなんでしょう)

ヒイロが自身の行動の後悔と反省をしていると、ヒビキの背後で智也が大きく手を振りながら何か叫んでいた。

「そいつは、居合いで斬撃を飛ばしてくるぞ！　気を付けろ！」

智也の忠告が聞こえたヒイロは、目を見開く。

「飛んでくる斬撃！　そんな攻撃まで……本当は人に向けるべき武器ではないと思っていたのですが、実力が上の相手に対して手の内を出さないのもまた、失礼ですよね」

相手を格上と判断して腹を括ったヒイロ。それに対し、ヒビキは更に腰を落としながら、柄を握る手に力を込める。

「これで決めさせてもらいます。抜刀術、閃空！」

「光鱗扇四倍！」

抜刀術を放つヒビキの声に被せて叫びながら、ヒイロは自身の前で鉄扇を広げる。すると、鉄扇はヒイロの声に呼応して輝きだした。そして――

ザシュッ！

光に吸い込まれるように斬撃が当たり、ヒビキは勝利を確信して笑みを浮かべる。

しかし光が収束しつつ消えていくと、彼女はその笑みを消して目を見開いた。

そこには、自身の姿を覆い隠すほど巨大化した鉄扇を持つヒイロの姿があったのだ。

「なんだ……それは……」

「質量と強度はそのままに、体積を自在に変えられる。この鉄扇——光鱗扇の能力です」

絞り出すように問いかけるヒビキに、ヒイロは鉄扇を畳んで百六十センチほどの鈍器に変えながら答える。

その様子を背後で見つつ、ニーアは肩を竦めた。

「あ〜あ、やっぱり使っちゃったよ」

「仕方ないだろうな。だがこれで、得物のリーチによる不利はなくなった。その上ヒイロなら、技術や経験の差を補う力をあり余るほど持っている……後は、周囲への被害をどれだけ抑えられるか、だな」

「ヒイロさんのことだから、殺傷能力の高い魔法は使わないと思いますけど……」

ニーアの呟きに答えながら、バーラットとレミーが数歩後ずさり、ネイも嫌な予感に押されてそれに倣う。

そんなバーラット達の行動を背に、ヒイロは再び鉄扇を広げつつ大きく振り上げ、おもむろに魔法名を口にした。

「ウインド」

ヒイロが唱えたのは、火系のファイアや水系のウォーターと同じく、風系の初級魔法であるウインド。

本来なら身体を少し押す程度の突風を発生させる魔法だが、今回はそんな効果は発動しなかった。

代わりに彼が頭上に振り上げていた鉄扇が仄かに輝く。

よく分からない現象にヒビキが怪訝そうな表情を浮かべていると、ヒイロは困ったような笑みで彼女に語りかけた。

「とんでもないのが行きますので、気を付けてくださいね」

「……はぁ？」

ヒビキは自分を気遣うヒイロの言葉の意味が理解できない。

そんな彼女をよそに、ヒイロは次なる一手となる言葉を発した。

「光龍の息吹！」

鋭く叫びながら鉄扇を振る。

勿論、間合い的に振り下ろした鉄扇がヒビキに当たることはない。だが……

振り下ろされた鉄扇が生み出した風には、とんでもない威力が込められていた。

砂埃を上げながら向かってくる風は、拳大の石は勿論、ひと抱えはありそうな岩すら吹き飛ばして迫ってきており、ヒビキは数歩後ずさる。

「嘘でしょ？　まさか、魔法威力の増幅！」

そんなものを直に受ければタダでは済まない。

ダメージを最小限に抑えるため咄嗟に地面に伏せると、直後に目も開けていられないほどの暴風がヒビキを襲った。

「くうう……」

目を瞑ってやり過ごすしかないほどの暴風に対し、這いつくばって飛ばされないように耐えるヒビキは必死にヒイロの気配を探った。しかし、視界を塞がれた上に風の轟音の中ではそれもままならない。

（こんな攻撃手段を持っていたなんて……間合いを取ったのは失敗でした）

愛刀を慮ってヒイロから距離を取ったことを後悔するヒビキ。そんな彼女の身体に吹きつけていた風はすぐに弱まった。

実際には十秒にも満たない時間だったが、彼女にとっては長かった。

無防備な姿のままではまずいと、ヒビキは地面についた両腕に力を込め、すぐに上半身を起こしたのだが――

ドゴッ！

すぐ真横で鈍い音が聞こえ、そちらに目を向ける。

そこにあったのは、先端を地面にめり込ませる白銀色の物体。

その物体に沿って視線をずらしていくと、そこには畳んだ鉄扇を振り下ろしたヒイロの姿があった。

「負けを認めていただけるとありがたいのですが……」

控えめに降伏勧告をするヒイロに、もしこの鉄扇が自分の頭の上に振り下ろされていたら、と想像したヒビキは、小さく息を吐く。

「私の負けです」

ヒビキが負けを宣言すると、ヒイロはホッと安堵の表情を浮かべて彼女に手を差し出した。

しかしヒビキは、差し出された手を握らずに自力で立ち上がり、素っ気なく服についた埃を払い始める。

「…………」

厚意を無視されて、ヒイロが差し出していた手の指をニギニギと動かしているところへ、背後からバーラット達が近付いてきた。

「はっはっはっ、見事に無視されたなヒイロ。だが、負けた相手に手を差し伸べられるなど、屈辱でしかないぞ。無視されて当然だ」

「……そういうものですか」

出していた手を引っ込めながらヒイロがバーラットを見ると、彼は「そんなもんだ」と答えつつヒビキへと向き直る。

「ということで、この場は俺達の好きにさせてもらうぞ」

「仕方ありません。敗者である以上、従（したが）います」

ぶっきら棒にそう答えるヒビキ。

しかし、当の勝者であるヒイロは、無理矢理割って入って力任せにこちらの言い分を通したことが後ろめたく、申し訳なさそうに口を開く。

「ですが、道理を力で曲げたのは私達ですし、この埋（う）め合わせはいつか必ず」

その言葉に、ヒビキは驚いて彼を見た。そしてすぐに、口元に笑みを浮かべる。

「貴方のような方に貸しを作ったと……そう考えれば野盗の一人など安いものですね」

「えっ、ええ」

機嫌を直してもらえたと、笑顔の美人に気後（きおく）れしながら相槌（あいづち）を打っていると、バーラットが肘（ひじ）で突いてきた。

「ヒイロ、お前なぁ……せっかく、タダで獲物を横取りできたっていうのに、埋め合わせなんて口にするなよ」

ヒビキに聞こえないように小声で文句を言ってくるバーラットに、ヒイロは肩を竦めた。

「そんなこと言っても、結果的に彼女にクエストを失敗させてしまったのですから、申し訳ないじゃないですか。それに……」

　そこまで言って、ヒイロはチラッとヒビキを見る。

　こちらの話を知ってか知らずか、彼女は微笑みを崩さないが、何故か背筋に寒いものを覚えながら、ヒイロは慌ててバーラットへと視線を戻した。

「この国最強の冒険者に敵対心を持たせたまま別れて、バーラットは安心できますか？」

「むっ……それは確かに得策とは言えんが……」

　ヒイロの言い分ももっともだと、バーラットもヒビキを盗み見て頷く。

　SSSランクの冒険者となれば、国との繋がりも強い。そんな人物を敵に回すべきではないと、理解はしていた。

　だが、それ故にヒイロがヒビキにいつか埋め合わせをするという状況も避けたいところではある、ともバーラットは考える。

　それを勇者の一人がこの国の手に落ちるという状況と天秤にかけるとなると、微妙なところではあるが……

（この国の手に落ちた勇者から情報を引き出すことに比べれば、今の方がまだ何とかなるか……最悪、ヒビキとの約束を反故にさせてホクトーリク王国に逃げ帰っちまえばいいんだからな）

　即座にそんなことを算段して、バーラットはニイッと笑った。

「あっ、バーラット、何か悪いこと考えてる？」

バーラットの肩からヒイロの頭の上に移りながら、ニーアがニヤリと笑う。

バーラットは考えを見透かされて「そんなことはない」と即座に答えつつ、口元を引き締めてヒビキへと向き直った。

「では、その野盗は俺達が預からせてもらう。略奪行為はもうさせんから、そこのところは安心してほしい」

「分かりました。仮にも私を倒すほどの方がいるパーティ、その言は信用させてもらいます。では、今回の件、どのように返してもらえるか楽しみにしてますよ」

最後にヒイロへ満面の笑みを送ると、ヒビキは踵を返してその場を後にした。

その後ろ姿を見送りながら、ヒイロは引きつった笑みを浮かべる。

「いやー、物腰は柔らかいのに、とんでもない威圧感をお持ちの方ですね。実力の伴った美人は怖いです」

「まっ、実際、強いからな」

「ヒイロさん、思ったより押されてましたもんね」

レミーの言葉で、ヒイロは戦っていた時のことを思い出した。

「どうも、正確な連撃には弱いですね。攻撃は見えていて対処もできるのに、どんどん体勢を崩されてしまいます」

「そんな攻撃をしてくる魔物はそうはいないから、魔物を相手にしてるだけじゃ、ああいう攻撃をしのぐ術は身につかん。対人戦闘の経験不足を見事に突かれたな。まあ、ヒイロの場合、その前に力押ししちまえばいいんだが……」

「思わず身構えてしまうんですよね。でも、そんな弱点を分かっていたのなら、バーラットが訓練に付き合ってくれればいいのに」

口を尖らせるヒイロに、バーラットは藪蛇だったと嫌そうな顔をする。

「上手く手加減できんお前と模擬戦をしろってのか？　命がいくつあっても足んねぇよ」

「ねぇ、戦いの反省会もいいけど、その前に智也さんの対処をしちゃわない？」

「「あっ……」」

呆れたように口を挟んでくるネイに、ヒイロとバーラットは忘れてたと言わんばかりに智也がいた方を振り向く。

そこには、土の小山ができていた。

「そういえば、あいつはヒビキの背後にいたんだから、ヒイロの極地災害的な攻撃をもろに受けたことになるよな」

「……ですね。ヒビキさんに集中するあまり、彼等の存在をすっかり忘れていました」

ヒイロがとんでもないことをしてしまったと顔を青ざめさせていると、土の小山が勢いよく起き上がった。

「かーぺっぺっ……おっさん！　殺す気かぁ！」

智也は口の中に入った土を吐き出して、凄い形相でヒイロを睨む。

その下には、獣人の少女ミイの姿があった。どうやら、迫り来る暴風から少女を庇って智也が覆いかぶさっていたようだ。

智也達が無事だったことと、咄嗟に取った彼の行動から、根は悪い人間ではないのだなと判断してヒイロは微笑む。

すると、智也はワナワナと肩を震わせた。

「何がおかしいんだよ、おっさん！　こっちは死にそうだったんだぞ！」

「いえいえ、そんなつもりで笑ったんじゃありません。それに、勇者がこんなことで死ぬわけがないじゃないですか」

殺さないように手加減したのだからと思い、そう言い切ったヒイロに、智也はヒクリと頬を引きつらせる。

「おっさん、勇者をなんだと思ってる……勇者だって死ぬ時は死ぬんだよ！」

智也の叫びは悲痛に満ちている。まだ他の勇者とは次元が違うという自覚の無いヒイロは、ただただ困ったように後頭部を掻いていた。

# 第4話　加藤智也とミイ

ヒビキとの揉め事も解決し、再び街道を歩き始めた一行。

命を救われた形になった加藤智也と犬型の獣人、ミイの二人は、ヒイロ達に同道している。

しかし新たに加わった二人は何故か不機嫌極まりなく、一行の間にはしばらく沈黙が続いた。

だが、顔見知りなんだからという、仲間達からの視線と無言の要求に耐え切れなくなったネイが、ついに聞くことにした。

「……えっと……そろそろ事情を聞かせてくれるかな」

「事情を聞かせろって、何のことだ？」

智也は不機嫌を隠しもせずに返す。

元々二人は、顔見知りではあるが、それほど仲が良かったわけではない。

ネイは「うっ！」っと言葉を詰まらせて二の句を継げなくなり、ヒイロに視線を送った。

懇願のこもったネイの視線に、智也の不機嫌の原因そのものであるヒイロは、仕方がないとばかりに嘆息して智也を見た。

「え～と、色々と聞きたいことはあるんですが、まずは……加藤智也君、君はどうしてここにいるんですか？」

「あん？」

智也は反射的にヤンキー特有のガンを飛ばす。

ヒイロは一瞬怯むものの、その代わりといった風に肩に乗ったニーアが真っ向から睨み返した。

「なに、その態度？　あんた、ヒイロに勝てるつもり？」

「うっ……」

全く物怖じしないニーアに指摘され、智也は言葉に詰まってしまう。

智也にしがみ付いて威嚇していたミイも、ニーアの一言で尻尾を股の間に挟むように丸めて、ガタガタと震えだした。

ヒビキとヒイロの一戦は、確実に彼等の心に衝撃を与えていたようだ。

「これこれ、ニーア。これから話をしようとしてる方々を威圧してどうするんですか」

「いやー、あまりにも生意気だったからつい……」

ヒイロが呑気に諌めると、ニーアは笑いながら頭を掻いた。

そんな二人の様子に、智也はヒイロを指差しながらネイに詰問した。

「おい、本当になんなんだ、このおっさんは！　あのヒビキとかいう奴も大概だったが、このおっさんは輪をかけて異常だったぞ！」

「う～ん、異常なのは認めるけど、一応同郷よ、ヒイロさんは」

ネイが苦笑いで答えると、智也は目を見開いて、仲間から異常の烙印を押されて頬を引きつらせているヒイロを見た。

スーツ姿を見て、もしかしてとは思っていたが、自分達以外に同郷の人間がいたとは。

驚く智也に、ヒイロは引きつった頬を指でほぐしつつ笑みを浮かべる。

ヒイロは、元の世界ならばどこにでもいる、冴えないサラリーマンにしか見えない。

だが、智也の中ではその姿が、どこにでもいる少年のような外見ながら、得も言われぬ威圧感を醸し出していた勇者の仲間――先ノ目光の姿と重なって見えた。

それを察したネイが彼の肩に手を置いた。

「大丈夫よ、ヒイロさんはあの子とは違う。自分の考えを他人に押し付けるような人じゃないから安心して」

「本当だろうな、橘」

「本当よ。じゃなきゃ、私が一緒に行動してるわけないじゃない。それと、今の私は橘翔子じゃなくて、ネイで通ってるからそう呼んでくれる？」

「……分かった。ネイだな、俺のことも智也でいい」

落ち着きを取り戻して頷く智也に、ネイも頷き返す。

そんな彼の姿にホッと胸を撫で下ろし、ヒイロは仕切り直した。

「それで、話を戻しますが、智也君は何故ここにいるんですか？」

「その話か……俺もネイと同じだ。あいつらに嫌気が差して、逃げ出してきたんだよ」

「ふむ……そうでしたか。けど、どうして野盗なんか……」

ネイと同じ理由で納得がいったヒイロは、次の質問に移る。

すると智也はボリボリと頭を掻きながら面倒くさそうに話し始めた。

「俺がここに来た時、こいつらに会ったんだよ」

そう言って智也はミイの頭に手を置く。くすぐったそうにしながらも笑みを浮かべつつ尻尾を振る彼女を見て、智也は続ける。

「亜人の孤児だとか、能力が低いだとか……くだらねぇ理由で世間から弾き出されちまった連中だった。俺も元の世界ではこいつら側だったからな、一緒にでっかいことをして、要らないと言った連中を見返してやろうと、今の仕事を……」

「野盗は仕事じゃない！」

話の腰を折って、ネイが人差し指を突きつけながら智也に詰め寄る。

すると自覚はあったのか、彼は黙り込んでしまった。

「まあ、確かに野盗をやっても見返すことはできんよな」

「余計に厄介者扱いされるだけじゃないですか」

ネイの勢いに押されている智也に、バーラットとレミーが追い打ちをかけると、彼は

「はぁ～」と大きく息を吐いた。

「仕方ねぇじゃねぇか……俺のスキルはそういう行動をすることに特化しちまってるんだから」

「どういうことよ？」

「俺のスキルは【悪来】……悪行を重ねるごとに能力値が上がっていくっていうスキルなんだよ」

「「はぁ？」」

ヒイロとネイが揃って口をあんぐりと開ける。

が、やがてネイの肩がワナワナと震えだした。

「あんのアホ神ぃ！　勇者になんてスキルを与えるのよ！　ってことは、あの頃チュリ国で智也さんが好き勝手に振舞ってたのって……」

ネイは、勇者パーティに身を置いていた当時を思い出して聞く。

「まぁ、意図的にやってたところはあるな」

智也は空を見上げながらポリポリと後頭部を掻いた。そんな答えに、ネイは呆れながら

「あっ、そ」と返した後、気を取り直して彼を見る。

「そんなスキルに頼るなんてやめなさいよ。他のスキルで何とかなんないの？」

「う～ん……そうは言っても、俺が貰った他のスキルは【テイマー】と【家事全般】だぞ。そんなスキル、何の役に立つっていうんだ」

「「はぁ？」」

智也の残りのスキルを聞いて、ヒイロとネイが今度こそ呆れたようにハモる。

「【テイマー】はともかく、【家事全般】？　神様が用意していたスキルは戦闘系だけではなかったのですね」

「あのアホ神のことだから、外れスキルも混ぜてたんじゃない？　智也さんは見事にそれに引っかかったのよ」

創造神が意地の悪い笑みを浮かべるところを想像して、ネイは握り込んだ拳をワナワナと震わせる。

しかし、ヒイロは創造神が本当に役に立たないスキルを用意していたのだろうかと疑問に思い、智也に視線を送った。

「その【家事全般】というのはどういうスキルなんですか？」

「文字通り、家事全般をそつなくこなせるというスキルだが……どうも、俺が指示を出すと、その指示を受けた奴もなんらかの家事に関するスキルを取得できるらしい」

「スキルの取得だと？　それはどのくらいの期間でできるんだ？」

今まで黙って聞いていたバーラットが食いつくと、智也は少し考え込んだ後でミイを見る。

「ミイはどのくらいで覚えたっけか」

「んー……ミイは五回くらいやったら、【洗濯】とか【料理】を覚えたよ」

「はあ？　五回？　それも複数だと？」

「ありえません」

驚くバーラットとレミーの様子に、ヒイロが首を傾げる。

「そんなに驚くことなんですか？　【剣術】や【格闘術】などの戦闘系スキルも、何度もそれらの動作をすることで覚えるんですよね」

実際ヒイロは、【超越者】の恩恵で【格闘術】や【気配察知】、【魔力感知】などをあっさりと取得している。その彼の疑問に、バーラットは首を横に振る。

「スキルの取得には、どんなに早くても月単位の時間がかかるんだよ。もっといえば、才能が無ければ何年やっても取得できないことだってありえる。そもそも、ミイは世間から弾き出されてたっていうくらいだから、そういう才能もなかったんじゃねぇか？」

「そういう方々に、数回指示を出しただけでスキルを取得させたというのなら、智也さんの【家事全般】は他者にスキルを容易に得させる能力があるということになります。智也さんは何の役にも立たないみたいな言い方をしてますけど、十分、異常なスキルですよ」

「そうは言っても、戦闘で使えないんじゃあな」

レミーの驚きにも素っ気ない返事をする智也に、ニーアが少し考え、口を開く。

「でも、さっき逃げていった野盗達が皆智也からスキルを得ているんなら、それを生かした仕事ができるんじゃない？」

「……あっ」

そこまで考えが至っていなかったのだろう。智也は間の抜けた声を上げて後ろを振り返った。

「あいつらに今の話を教えてやらねぇと」

「待て」

智也は皆が逃げていったアジトへ慌てて戻ろうとするが、その襟首をバーラットが掴む。

「何だよ、ゴツイおっさん！」

「ゴツイおっさん……ヒイロはただのおっさんで、俺にはゴツイが付くのか……」

的確な形容だと誰もが思ってしまっていた中で一人、バーラットが呻いていると、智也はその隙に彼の手から逃れる。

「邪魔すんなよ、ゴツイおっさん」

「俺はバーラットだ」

バーラットが強めに訂正を求めると、智也は気圧されながら静かに頷く。

それを確認した後、バーラットは気を取り直して話し始めた。

「今まで野盗をしていた奴が街に行って、何食わぬ顔で職探しなんかしたら、どんなトラブルが起こるか分かったもんじゃないだろ」

「うっ、それは……」

その者達に野盗をさせたのは他ならない智也である。責任を感じて言葉を詰まらせる彼に、バーラットは更に続けた。

「今は大人しくさせとけ。仕事は、ほとぼりが冷めてから探した方がいい」

「ほとぼりが冷めてからって言ってもよう、野盗をやらずに生活費をどうやって稼げばいいってんだ」

「ああ、それなら……」

言いながらヒイロは懐をゴソゴソと漁り、大金貨を三枚ほど取り出す。

「お貸ししますので、当面の生活費はこれで補ってください」

気軽に手渡された大金貨を両手で受け取りつつ、智也は驚きの目でヒイロを見る。

「ありがてぇけど、こんな大金を気軽に貸せるほど、冒険者ってのは儲かんのか？」

「そんなわけないじゃない。ヒイロさんは特別よ」

ヒイロの代わりに答えたネイに「そうなのか……」と返しつつ、智也は大金貨を握り締めた。

「それじゃあ、ありがたく借りときます」

「ええ、利子は取りませんので、ゆっくりと返してください」

こうして智也は他人のために借金を負うことになった。

実のところヒイロはあげてもいいと思っていたのだが、若いうちから人に情けをかけてもらうのが当たり前だと思ってしまったら、この先の人生、苦労するだろうと考え、貸しにすることにしたのだった。

そんなヒイロに頭を下げ、智也はそばに立つミイへと視線を向ける。

「ミイ、この金を持ってあいつらの所に戻ってろ」

「えっ！」

差し出された三枚の大金貨を前に、ミイは驚いて智也を見上げた。が、すぐにフルフルと首を横に振る。

「嫌。ミイ、おやぶんと一緒に行くもん」

「ダメだ。俺は借金返済のためにヒイロさん達と一緒に行くんだ、危ないからお前はアジトで待っていろ」

「やっ！」

智也はヒイロに恩義を感じ、ヒイロさんと呼び方を変え、彼に付いていくことに決めていた。

だがミイは頑なだった。それを見かねた女性陣が提案する。

「智也さん、別に一緒に来なくても……一度、智也さんもアジトに戻ったら？」

「私達のホームはホクトーリク王国のコーリの街です。返済の目処が立ったらそこに持ってきてくだされぱいいですから」

「いや、こんな大金、そうそう用意できるもんじゃねぇ。野盗として手配をかけられた俺は就職は勿論、冒険者の資格も取れねぇだろうから、稼ぐとしたら、あんたらに付いていくしかねぇんだよ」

ネイとレミーの提案に智也はそう断りを入れると、再びミイを見る。

「だからミイはアジトで大人しく待っていてくれ」

「やっ！」

再び始まった押し問答。

智也の返済に対する考えが真摯だったために、何も言えなくなったネイとレミーの代わりに、今度はニーアが口を開く。

「だったらその娘も連れてけばいいじゃん」

「はあ？　それじゃ危ねぇから帰そうとしてんじゃねぇか」

ニーアは一同を見回してから小首を傾げる。

「危ない？　この面子が揃ってて？　大抵のクエストなら、そうそう危ないことなんかないよ」

ゴブリンキングとの遭遇に始まり、ゾンビプラント事件、高位の妖魔との戦闘、魔族との対立、更にはエンペラー種である神龍帝との対面。

どう考えても「大抵の」とは言えないような事件を今まで何度となく経験しておきながら、そのことをおくびにも出さないニーアの言葉に、仲間達は彼女を冷ややかに見て、ミイは期待を込めて智也を見る。

しかしそれを知らない智也は眼前のパーティ——特にヒイロをしばし見つめ、「それもそうか……」と小さく呟く。

ニーアは大事件に遭遇した時の智也の顔は見ものだとニヤリと笑い、ミイの必死な姿に同情していた他の面々は苦笑いを浮かべていた。

もっとも、ヒイロは何か言いかけていたのだが、ネイにより口を塞がれ、言葉にすることができなかった。

「まあ、とりあえず状況が落ち着くまでは付いてこさせて、雑用をやってもらうか」

「うむ、【洗濯】や【料理】のスキル持ちがいてくれれば、生活周りは確かにありがたいな」

バーラットが認めたことで、ネイは肩を竦めるヒイロから手を離し、笑いながら智也を見る。

「ところで、初めっから気になってたんだけど、その娘、犬の獣人よね……なんでミイなの？」

響き的には、犬というより猫っぽい名。

レミーとニーアも同じく疑問に思っていたようで頷く。

智也は足にまとわりつくミイをガシガシと乱暴に撫でていたが、困惑した顔で振り返った。

「そんなの知るかよ。会った時に自分でミイって名乗ったんだから」

智也がぶっきら棒に答えた後でミイを振り返ると、彼女は「ミイはミイだよ？」と不思議そうに小首を傾げた。

「そうなんだ。てっきり智也さんが勝手に付けたのかと思ったわ」

「ふざけんなよ。さすがにそんな名前はつけねぇよ」

憤慨する智也を微笑ましく見るネイだったが、その時、ふと違和感を覚えて彼女は小さく首を傾げた。

少し考え、そしてその正体に気付いて智也に向かって確認の言葉を口にする。

「そういえば、相棒はどうしたの？　確か、武彦さんっていったっけ……彼も一緒に来てるの？」

記憶を辿って名前を絞り出したネイに、智也は苦々しい表情で首を振った。

「武彦は……死んだよ」

「えっ！」

ネイは驚いて口元に手を当てる。

悪いことを聞いたと言葉を詰まらせる彼女を見て、ヒイロが事情を話すよう促す。

「一体どういう状況だったんですか？　勇者が死ぬなんて……」

「相手は魔族配下のゴブリンだったんだが、数が多い上にゾンビみてぇな奴らで、なかなか死なねぇんだよ。武彦はそいつらにやられちまった」

「それは厄介な……でも、勇者が連携を取っていても死人が出てしまうなんて……」

勇者だけのパーティで死人が出るなど考えもしなかったヒイロの疑問に、智也はやけっぱちに答える。

「連携なんか無かったよ。あいつら、自分達のことしか考えてねぇからな。オタク連中なんか、『死んでも元の世界で生き返る。それが常識だ』なんて、わけの分かんねぇことを言ってたが、そんな確証のない話、誰が信じるってんだ」

智也が吐き捨てるように言うと、ヒイロも同意する。

「死んだら元の世界で蘇る、ですか……確かにセオリーではありますが、私達は肉体ごとこの世界に来てるんですよね。死んでも元の世界で生き返るなんて、少し楽観的すぎますね」

「だよな。俺もそう思う……まあ、とりあえず金のことは、次の街に着いたら考えるわ」

智也の呟きは改めて親友の死を実感したことを表すように重く、誰も言葉を返せないまま、一行は次の街に向かって歩き続けた。

## 第5話　ニーアの家出

「ヒイロのけちぃ！」

ニーアはヒイロの額に一発蹴りを入れると、ちょうど開いた扉から宿の外へ飛び出していった。

ギチリト領の領主である公爵がいる街ウツミヤ、その手前にあるサクリの街の宿の、一階にある食堂で起きた出来事である。

入れ違いに入ってきた冒険者風の女性から奇異の視線を向けられつつ、ヒイロは蹴りを食らった額を指でさすりながら、朝食後のコーヒーを口に運ぶ。

そこへ二階から階段を下りてきた智也とミイがヒイロの前に座った。

「何、ちっこいのをいじめてんだよ」

事の最後しか見ていなかったために、開いたメニュー越しにこちらを見て聞いてくる智也に、ヒイロはカップを下ろしてため息をつく。

「いじめてなんかいませんよ。ちょっとした意見の相違といいますか……」

「相違？　どういうこと？」

ネイはレミー、バーラットとともに同じ丸テーブルの席に着き、ヒイロを見た。

二人の喧嘩の場合、我儘を言うのはニーアの方だろうと汲み取っているネイ。

その予想はバーラットとレミーも同じだったらしく、ヒイロを見る視線は穏やかだ。

ちなみに、喧嘩なら小さいのを泣かしたヒイロが悪いと決め込む智也とミイは、非難めいた視線を送っている。

皆の注目を浴び、ヒイロは疲れたように話し始めた。

「今朝、一緒に食事をしてたら、先日の王都での騒ぎの話になりまして……」

「あー、大変でしたものね。色んなことが起きましたし」

レミーの合いの手に、ヒイロは「ええ」と答えながら苦笑いを浮かべる。

「そこでニーアが気付いちゃったんです」

「何に？」

「自分が王都で全然活躍してないことに」

「……今更？」

王都の騒動は、もう四ヶ月以上前のことである。

ネイが呆れたように言い、ヒイロはコクリと頷いた。

「ニーアは気まぐれですから……そんなことを思い出させてしまった私の落ち度でもあるんですが……それで、自分も活躍したいからトルネードの魔道書を読ませろと迫ってきまして」

ホクトーリクの王城の宝物庫でニーアが持ってきたトルネードの魔道書。それは現在、ヒイロの時空間収納に仕舞われていた。

「読ましてやりゃいいじゃねぇか」

「うん、ミイもそう思う。ヒイロのおじちゃん、意地悪はダメだよ」

魔道書の譲渡を断ってニーアを怒らせたのだなと、状況を理解して困り顔で頷く元からのメンバーに対して、新参である智也とミイは非難めいた態度を変えない。

「私も別に意地悪で読ませないわけじゃないんですよ。トルネードは必要な魔力が多くて、ニーアでは一回唱えただけでもＭＰが枯渇して卒倒してしまうんです」

「あー……そりゃあ、ヒイロさんが正しいな」

ヒイロはニーアの身を案じてあえて魔道書を渡さなかったのだ。そのことにやっと気付いて、智也達も気まずそうに頷いた。

智也の理解も得られて、ヒイロがホッと一息つきながら再びコーヒーカップへと口を付けると、ニーアが出て行った扉を見ながらレミーがボソリと呟いた。

「でも、ニーアちゃん、どこに行ったんでしょう？　知らない土地で迷子にならなければいいのですが……」

「あー……人攫いも怖いよね」

レミーの心配にネイが付け足せば、ヒイロはビクッと肩を震わせて、カップを傾けた。

そしてそのまま、不安そうな視線をバーラットの方へと向ける。

バーラットはチラリとヒイロの視線を確認すると、平然と朝食の注文をしてから、ため息混じりに話し始めた。

「心配ねぇよ。ニーアも大分レベルが上がってるから、その辺のチンピラ程度ならどうとでも対処できる。それに妖精ってのは本来森で生活するもんだから、人間より方向感覚が優れている筈だ。迷子になることもまずない」

バーラットのお墨付きの言葉にホッと胸を撫で下ろし、ヒイロは一同を見回した。

「というわけで、ニーアの怒りが収まるまでここで足止めになっちゃいます。申し訳ありませんが、みなさんそれでよろしいですか？」

「まっ、仕方あるまい。腹でも減りゃあ、何食わぬ顔で帰ってくるだろうから、それまでのんびりさせてもらうわ」

「俺もどうせ、ここに仲間を呼んで金を渡すつもりだったから、それで構わねぇけど」

バーラットの言葉に智也が続く。ネイとレミー、ミイも同意して頷き、ヒイロ以外の一同はテーブルに運ばれてきた朝食を食べ始めた。

「うがー！　なんで読ませてくれないんだよ」

街にほど近い森の中を、ニーアはぶつくさと文句を言いながら、苛立ちに任せて飛び回っていた。

「大体ヒイロは、戦う手段の少ないぼくの気持ちが分かってないんだ……って、ん？」

木の間を縫うようにデタラメに飛んでいたニーアは、ふと目に留まった綺麗な湖に気を取られて動きを止める。

と——

「あの湖には危険な大鯰がいるから、近付かない方がいいよ。近付けば、湖面から飛び上がってきて呑み込まれてしまう」

不意に背後から優しい声が聞こえてきて、ニーアは振り返る。

そこには、太い木の枝に座り、幹に背をもたせかける人影があった。

人間ならば十五歳くらいの穏やかそうな見た目の赤髪の少年で、下は長ズボン、上はシャツにチョッキと軽装である。

少年は持っている本に目を落としていたが、ニーアが振り返ると本から目を離してニッコリと微笑んだ。

「えっと……誰？」

「ふふっ、懐かしい気配を感じて来てみたら、可愛らしい妖精だとは……君は、その気配をどうやって得たの？」

「質問に答えてないよ……って、気配ってなんのことさ？」

　問いに答えない少年にムッとしたものの、ニーアはすぐに少年の発した言葉の意味が気になり小首を傾げる。

「シェロンのじいさんの気配さ。あのじいさん、海の底に籠って全然出てこなくてね。久々に気配を感じたから懐かしくなって出てきたら、そこに君がいたんだよ」

「シェロンのじいさん？　……ああ！　独眼龍のお爺ちゃんのことか」

　海の底に住む独眼龍を思い出したニーアは、貰った褒美の内容も思い出し、バッと少年に詰め寄った。

「ねぇ、ねぇ、そうしたら独眼龍のお爺ちゃんが言っていた素晴らしい出会いって、君のことだよね。凄い魔道書よりいいものって聞いてたんだけど、何をくれるの？」

　両手を差し出しグイグイくるニーアに、少年は目を丸くしてキョトンと固まる。

　しかしすぐに得心した。

（ははぁ……シェロンのじいさん、何かの褒美を私に丸投げしたな。まったく、それならそうと言ってくれれば、それなりのものを準備してきたのに……）

そう愚痴混じりに当たりをつけた少年は、その顔に笑みを取り戻すとニーアを押しとどめた。

「まあ、まあ、とりあえず落ち着いて。それよりも君の名を聞かせてくれるかな」

「ぼく？　ぼくはニーアだけど」

「ニーアか……私はフェリオだ。それで、さっきは随分不機嫌そうだったけどなんかあったの？」

「聞いてくれるの？　あのね――」

穏やかに聞いてくるフェリオに、ニーアは今朝、食堂で起きたヒイロとの一件について勢いよくまくし立てる。

フェリオはその話を静かに聞いていたが、話し終えてふう、ふう、と肩で息をするニーアに、ゆっくりと話し始めた。

「ニーアを見ると、トルネードを使うには大分魔力が足りないみたいだね。その人はニーアの身を案じて魔道書を見せなかったんじゃないかな」

「そんなの分かってるよ」

気付いてないみたいだからと諭してみたフェリオだったが、本人がそれを理解していると知り驚く。

「それじゃあ、何故ニーアは怒っているんだい？」

「ぼくだって、自分が仲間の中じゃ弱いことは分かってる。だからこそ、もしもの時、ヒイロ達を助けられる力が欲しいんじゃないか」

「それが、自分の命を脅かす力でもかい？」

慎重に確認するフェリオに、ニーアは間を置かず力強く頷いた。

妖精は本来、愉楽的で自分本位な種族である。蜂や蟻のように自分達の長を守るために命を懸けることはあるが、異種族のために尽くすことは絶対にない。

フェリオは、話の中に出てきたヒイロなる人間が、ニーアにとって種族の長よりも大切な存在なのだなと悟り、ニッコリと微笑んだ。

（人間が自分より大切だと感じるニーアと、ニーアにそこまでの感情を抱かせた人間か……実に興味深い）

実のところフェリオは、シェロンが気まぐれでニーアに気配を与えていたのだとしたら、適当に煙に巻いて退散してしまおうと考えていた。

しかし、ニーアとヒイロの関係が実に興味深く、そして好ましくて、彼は小さな妖精に力を貸したくなったのだった。

「だったら、トルネードを使えるくらいの力を得てみるかい？」

「えっ！　そんな力を貰えるの？」

瞳を輝かせるニーアに、フェリオはコクリと頷く。

「私の眷属になれば、その程度の魔力なんて簡単に手にできる」

すると、輝かせていた瞳を懐疑的に歪ませるニーア。

「眷属ぅ～？　つまり、ぼくにフェリオの手下になれってこと？」

「違う、違う。手下っていうより……友達かな」

フェリオは少し考え、慌てて耳触りの良い単語を選び出した。友達という言葉に、ニーアは顎に手を当てる。

「友達……フェリオと友達か……うん、それならいいかな」

ニーアが快諾すると、フェリオはほっとする。

そして同時に、空の王と呼ばれる自分が、こんな小さな妖精に断られたら精神的にダメージを受けていたかもしれないと感じ取り、自虐的に笑った。

（一人でいる時間が長すぎたのかもしれないな。友達一人作るのに、こんなに苦労するなんてね）

「どうしたの？」

笑いながら黙り込んでしまったフェリオをニーアが下から覗き込む。

するとフェリオは慌ててブンブンと首を横に振った。

「いや、何でもない。それじゃあ、眷属の……もとい、友達の証を君にあげるよ」

フェリオはそう言いながら人差し指をニーアの額に当てる。

すると、ニーアの内から燃え上がるような力が湧き上がり、それと同時に火系の魔法が次々と頭の中に浮かんできた。

彼女はその場でクルクル回りながら、忙しなく自身の体を見渡す。

「凄い！　力が湧いてくるのが自分でも分かる！　それに、ぼくは風の妖精なのに炎系の魔法がいっぱい浮かんだ！」

驚きつつも嬉しそうなニーアが、フェリオの方を振り返ると、彼は「……あっ」と小さく呻く。

「？　どうしたの？」

「えっと……ごめん。今まで異種族に使ったことがなかったから知らなかったけど、どうやら証を与えると、ちょっと外見に特徴が出るみたいなんだ」

「えっ！　もしかして、ツノが出たり牙が生えたりしてる？」

慌てて自分の頭や顔をペタペタ触って確認しているニーアを、フェリオは「いや、そこまでは」と宥める。

「右目の色が、変わってるんだ」

「へ？　そんなこと？　だったらいいや」

ニーアはあっさりとしたものである。フェリオは怒られなくて良かったと安堵の息を吐いた。

そんなフェリオに、「そんなことで謝らなくてもいいのに」とニーアが笑い、友達となった二人の会話はしばらく続いた。


「ヒイロさんよぉ、少しは落ち着いたらどうだ」

日も暮れて、夕食どきで賑わう宿の食堂。

テーブルの前を行ったり来たりと忙しないヒイロに、智也が呆れたように声をかける。

まだ帰ってこないニーアを、朝からずっとここで待っていたヒイロは、時間潰しに飲み続けたお茶でタプンタプンなお腹をさすりながら、智也に答える。

「……そうですね。歩き回っても状況が変わるわけではありませんし」

ため息を一つつき、席に着いたヒイロは智也とミイを見る。

「ところで、智也君達は目的を果たせたんですか？」

「ああ、仲間と合流して、ヒイロさんから借りた金を無事渡せたよ」

「それは良かった。お仲間さんの今後のことは、バーラットが上手くやってくれるでしょうから、心配しないで」

安心させるように微笑むヒイロだったが、その微笑みが力無く、智也は逆に彼のことが心配になった。

とはいえ付き合いもまだ浅いので、かける言葉が見つからない。どうしたものかと智也が頭を掻いていると、賑やかな声が外から入ってくる。

「結構、大きな街だったね」

「ウツミヤの隣の街ですから、それなりに賑わってますよ、ここは」

「まあ、暇潰し（ひまつぶ）には事欠（ことか）かない街だったな」

宿に入ってきたのは、レミーの案内で街を見て回っていたネイとバーラットだ。

ヒイロの相手がきつくなっていた智也が、懇願するように見る。

「ん？　……はあ……」

智也の視線に気付いたネイは、ヒイロの様子を見て小さくため息をついてから、三人のもとに近付いていく。

「ヒイロさん、もしかして朝からずっとここに？」

「えっ？　いや、そんなことは……」

ネイの質問に口ごもるヒイロに、バーラットとレミーも嘆息した。

「いたんだな」

「私達と出かけることを断ったから、ニーアちゃんを待つつもりなんだとは思ってましたけど……一日中待っていたなんて」

ヒイロの心配性にも困ったものだと思いながら、三人は席に着き、まずはバーラットがジロリとヒイロを見据（みす）える。

「ニーアは飛べるんだから、そうそう捕まることはないと言ってるだろ」

「ですが、背後からいきなり網などで襲われたら……」

「裏の方でも妖精を捕獲したという情報は回っていませんでしたから、その心配はありませんよ」

レミーも気にしていたのだろう。バーラットとネイを案内しつつもしっかりと探っていたようだ。だが、ヒイロは「ですが」と食い下がる。

「飛行できる魔物なんかに食べられてる可能性も……」

「よくもまあ、次から次へとそんなに悲観的な想像が出てくるな。大体、ニーアに何かあったら、俺の【勘】に反応があるってんだ」

「ヒイロさんって、基本ネガティブですもんね。ずっとニーアを心配しながら待ってたから、想像がそっち方向にしか行かないんでしょ」

ネイが苦笑いを浮かべた。するとそこに——

「たっだいまぁ～」

陽気な声とともにニーアが食堂に飛び込んできた。

「ニーア！」

ニーアの姿を見て、ヒイロは弾かれたように席から立ち上がった。一瞬表情を緩めたものの、すぐに目を吊り上げて怒り始めた。

「一体、こんな時間までどこに行ってたんですか！　皆さん、心配してたんですよ！」

ニーアを叱るヒイロを見つつ、他の一同は苦笑いを浮かべる。

「何言ってんだか……心配してたのはヒイロさんだけじゃねぇか」

「まるで、門限を破った娘を叱るお父さんみたいね」

「違ぇねえな」

智也とネイがそう言い、ヒイロに怒られたニーアが不安そうに皆を見回した。

「皆、心配してくれてたの？」

「えっ、ええ」

実は、ヒイロ以外はニーアの実力とバーラットの言を信用して、それほど心配はしていなかった。

しかし、ヒイロの立場を立ててネイが代表して肯定すると、ニーアはテーブルに降り立ち、申し訳なさそうに「ごめんなさい」と頭を下げる。

その姿を見て、ヒイロはそれ以上怒れなくなった。

「それで、今までどこに行ってたんですか？」

口調を穏やかなものに戻して尋ねるヒイロに、ニーアはしおらしい姿を吹き飛ばし、目を輝かせて彼を見た。

「あのね、ぼく近くの森に行ってたんだけど、そこで面白い人に会ったんだ」

「面白い……人？」

「うん！　友達になったんだけど、その人に力を貰ったんだよ。もう、トルネードの魔法も簡単に使えるくらい強くなったから、トルネードの魔道書をちょうだい」

「はぁ？」

要領の得ない説明で、両手を差し出しながら今朝の話をぶり返してくるニーアに、ヒイロは困惑してネイを見た。

ヒイロの視線の意味を察したネイは、ニーアに【森羅万象の理】をかけて鑑定する。そして、ギョッと目を見開いた。

「なに……これ？」

「どうしたんです？」

ネイの様子がおかしいことに気付いてヒイロがそう聞くと、彼女は恐る恐る口を開いた。

「レベルは変わってないのに、能力値が飛躍的に上がっているの。それに、フレイムランス、フレイムウォール、フレアバースト……何これ？　火系の魔法じゃないの？」

「なにぃ!?　おいネイ、種族の方はなんか変化してないか？」

ネイの話にいち早く反応したのはバーラット。一つの可能性に気付いた彼は、すぐに確認を取るために指示を出す。

バーラットに促されて種族の欄を見たネイは、小首を傾げた。

「種族、風の妖精……の後にPの眷属ってあるけど、これって何？」

種族の変化に困惑するネイ。バーラットは眉間に皺を寄せる。

「やはりな……風の妖精であるニーアが風系以外の魔法を覚えるなんて普通はありえねぇ。あるとすれば、火系の力ある者から力を得たということだ」

「力ある者？　イフリートとか、そういう者ですか？」

ヒイロが炎の上位精霊の名を出すが、バーラットはかぶりを振る。

「さすがに高位の精霊が個人に力を与えるなど、ありえん……だが、これほどの力を与えられるんだ、力的には似たような存在……ああ、もう！」

否定したものの、実際にステータスは上昇しているのだ。

バーラットはニーアに力を与えた者の存在を必死に探り出そうとしたが、答えは出ずに苛立ったように彼女を見る。

「ニーア、お前が会ったのはどんな奴だった？」

「んー、普通の人だったよ」

ケロッと答えるニーアに、バーラットは盛大にため息をつく。

「あのなぁ、普通の人間がこれほどの力を他者に与えられるわけないだろ」

「でも、見た目は普通の人だったもん。別にいいじゃん、ぼくの力が上がっただけなんだから」

「問題、なんですか？」

自分のことなのに全く重要視してないニーアの代わりにヒイロが聞く。すると前のめりになっていた身体を椅子の背もたれに預けながら、バーラットは頷いた。

「眷属ってのは、配下ってことだ。つまり、そいつの命令にニーアは逆らえないんだよ」

「そんなんじゃないよ！　だって、これは友達の証なんだから」

バーラットの言いように、憤慨するニーア。そんな彼女の様子を見て、ヒイロはバーラットへ目を向けた。

「ここは、ニーアの人を見る目を信じるしかないですね。もしもの場合は……」

自分達がなんとかしよう、と言いたかったのだと察し、バーラットとネイ、レミーが頷いた。それを確認して、ヒイロは再びニーアに視線を戻す。

「まっ、仕方がないですね。使えるようになったら渡す約束でしたものね……って！」

ヒイロは、トルネードの魔道書を取り出そうとマジックバッグに手を入れたが、次の瞬間ニーアの異変に気付いた。

「どうしたんですかニーア！　右目が充血してますよ！」

親指と人差し指でニーアの顔を挟んで彼女の顔を覗き込むヒイロ。

「いたたたた！　ヒイロ、痛いって！」

「どこかにぶつけたんですか？　待っててください今、パーフェクトヒールをかけますから」

ジタバタするニーアに、無理矢理回復魔法をかけようとするヒイロ。

ニーアのこめかみに、ピシリと青筋が浮かんだ。

「大丈夫だよ！」

「大丈夫なわけないでしょ、こんなに赤くなってるのに」

反論に耳を貸さず、回復魔法をかけようと手の平(ひら)を向けてくる彼に、ニーアはワナワナと震えながら拳を握る。

「大丈夫だって……言ってるでしょ！」

「あうっ！」

ヒイロの顎にニーア渾身(こんしん)のアッパーカットがヒットする。

身体を仰け反(のぞ)らせるヒイロを見て、バーラットが「ほう」と顎に手を当てた。

「ヒイロを仰け反らせるとは、ニーアもなかなかやるようになったな」

「随分と能力値が上がってたもんね」

生温(なまあたた)かい目で見るバーラットとネイ達の視線の先で、ヒイロは椅子ごと後方へ倒れていったのだった。

# 第6話　ギチリト領の領主邸へ

ギチリト領、ウツミヤの街。

先代領主の善政でのどかに過ごしてきたこの街は、二十一年前に生まれた先代の息子が五歳になった頃から、徐々に変化し始めた。

その時期は、折しも魔物の活動が活発になっていた頃と重なる。

件の先代の息子が『迅速な情報の伝達が一番の防御策になります』と言って、忍者学校の設立を提案。更に、防衛戦力の育成所として侍学校の設立も同時に進言した。

それまでは、腕に覚えのある者を雇用するのが一般的だったため、先代の息子の発言を子供の戯言と笑う貴族もいた。

しかし、『確かに、領の守りを担う者を一から育てるのは、未来を見据えれば得策である』という先代領主の英断で、両学校は設立された。

実際、現在ではギチリト領の雇う兵士のほとんどは両学校の卒業生が占めており、国の兵士ですら、半数近くが両学校の卒業生である。

その実力は国内の他の領の兵士達を大きく上回っていて、当時の領主の息子の判断は間違っていなかったことを証明していた。

そしてその領主の息子は、成長するにつれ、次々と変わった行動をし始める。海のないギチリト領において、貴重な調味料であった塩。領主の息子は、隣の領から買い取っていた貴重な塩に大豆を組み合わせて、味噌、醤油という新たな調味料を作り出し、それに合った調理法も次々と生み出した。それらの料理は近隣の領にも広がり、今では味噌、醤油を作ってもらうために、高価だった塩を隣の領が格安で送ってくるという事態になっている。

そういう状況を生み出したのは、味噌、醤油と相性の良い、現在では領内で主食になっている米を領主の息子が探し出し、大量生産に成功したことも要因と言える。

そうして実績を重ねた領主の息子は、十二という若さで早々に家督を譲られ、今ではギチリト領の領主に収まっていた。

しかし、若い領主は何かと舐められるものである。

領主の突飛なアイデアには何か秘密があるのでは？　と勘繰った他の領主や他国が、秘密を探るため、新たに就いたばかりの領主に対して、多くの間者を送ったのも無理からぬことだろう。

しかしその全ては、領主の影の部隊により、闇に葬られた。

――そんな領主のお膝元、ウツミヤの街にヒイロ達は到着した。

ヒイロは、街の活気に唸りながら見渡す。

「ふむ……」

まずは大通りの右側を見る。

「ほほう……」

そして左側に視線を向けて感嘆の声を漏らす。

大通りの両脇に整然と建ち並ぶ数々の建物。それは今までの街と大して変わらないのだが、大通り沿いに並ぶリヤカー式の屋台の数が異常だ。

今までの街でも屋台はあるにはあったが、そのどれもが木造の固定式で、広場でちらほら見かける程度だった。

屋台の多さは、色々な街を見てきたバーラットの目にも新鮮に映ったようで、珍しく彼もヒイロと一緒になってキョロキョロしている。

「食いもんの屋台が随分と多いが、調理はどうしてんだ？」

食べ物の匂いに釣られてフラフラと脇に逸れようとするミイの首根っこを掴みながら智也が聞いてくる。レミーはクスクスと笑って答えた。

「魔物の核を動力とした小型の竈、コンロという魔道具を使用してます」

「コンロ……ね。もしかして、それもここの領主の発案？」

「ええ、そうですけど、よく分かりましたね、ネイ」

レミーは何故分かるのかと驚いている。ネイはネーミング的に分からないわけがないと思いつつ、領主が同郷だと確信した。

「しかし、ちゃんとした飲食店があるのに、何故こんなに屋台が？　しかも、移動式なんて……」

「領主様が、資金の無い方でも手軽に商売できるようにって、あの移動式屋台を開発したんです。手軽に食事をとれると、結構評判なんですよ。移動式なのは、商売は場所が大事ですから、順番に場所が変えられるようにと聞いてます」

ヒイロの疑問にレミーが答えているうちにも、ネイはキョロキョロと屋台のラインナップを見ていた。

「焼き鳥にラーメン、蕎麦、うどん。天ぷらに寿司……寿司？」

屋台の中の一つに珍しい名を見つけ、ネイは小走りにその屋台を覗きに行く。

そして、少しガッカリしたように肩を落とし戻ってきた。

ヒイロが期待を込め言葉をかける。

「どうでした？」

「いなり寿司でした」

ネイの返答に、ヒイロと智也も同じく肩を落とす。

「あー、やっぱり新鮮な魚の寿司はねぇのか」

「運搬時間を考えれば、海が近くないここでは生魚は無理なんですかねぇ、やっぱり」

悲観しながら呻くヒイロと智也の姿に、レミーは小首を傾げる。

「お寿司といえば、おいなりさんが一般的ですけど、ヒイロさん達は一体、どんなお寿司を想像したんですか？」

「そりゃあ勿論、生魚の握り寿司ですよ」

「握り寿司、ですか……そういえば、領主様が王都トキオに出向いた時に、そんな料理を披露したとか……」

「本当ですか？」

顔を輝かせるヒイロに気圧されながら、レミーは頷く。

「え、ええ。トキオを起点として、国内の海に面した領に握り寿司が広まり醤油の消費量が増えたために、ギチリト領内の醤油の生産能力を上げたと学校で習いましたから、間違いないです」

「ほほう、料理を広めて、領内の生産品である醤油の出荷量を増やしましたか……狙ってやったとしたら、かなりのやり手ですね、ここの領主様は」

ヒイロが領主の手腕に脱帽していると、先頭を歩いていたバーラットが振り返った。

「飯の話も構わんが、いい加減宿を探さんか？　賑わっている街だ、ボヤボヤしていると部屋がなくなるぞ」

「それもそうですね。こんな大きな街にいて野宿なんてことになったら、嫌ですもんね」

バーラットの提案にヒイロが乗ったところで、レミーが待ったをかけた。

「すみません。そのことなんですけど……」

レミーの思い詰めたような声に、一同の視線が集まる。

「実は……私はある方の命を受けてまして……それで……その……」

そこまで話して言葉を詰まらせる彼女に、バーラットが嘆息する。

「ふぅ……その命ってのは、ヒイロをこの国に連れてくることか？」

「ふえっ！　何故それを！」

驚いたのはレミーだけでなく、ネイと智也、ミイもまたバーラットの言葉に息を呑んだ。

しかし、ヒイロとニーアには驚いた様子はない。それに気付いたレミーが恐る恐る口を開く。

「もしかして……ヒイロさん達も気付いていたんですか？」

「いえ、任務を受けていたということまではさすがに思い至りませんでした。ですが、米や醤油、味噌を出してきた時点で、私をこの地に行かせたいのかな、とは思っていました」

「レミー、わざとらしくバーラットの家のリビングで荷物を開けてたもんね」

ヒイロに続けたニーアの言葉に、レミーは「ああ……」と自分の顔を右手で覆う。

「露骨……でしたか？」

レミーが指の隙間からチラリと視線を向けながら小声で聞いてくるので、ヒイロは仰々しく頷いた。

「実家から送られてきた荷物を皆の前で開けるのはさすがに、ですね。醤油や味噌を私に見せるというのは、ここの領主様の提案ですか？」

「はい……領主様に相談したら、その人物が自分の想像通りの者なら必ず興味を示す筈だと言われまして……」

ヒイロは「ふむ……」と顎に手を当てる。

「しかし何故、私なんかを連れてこようなんて……」

「はぁ？」

「何言ってんの？」

「ええ!?」

本気で分からないのかと、バーラット、ニーア、レミーの三人が同時に、ヒイロに向かって返す。

「ヒイロ！　あんたここに来て最初に何やったか忘れたの？」

「えっ！　私、何かやらかしてましたか？」

ニーアに捲し立てられてオロオロするヒイロに、バーラットがため息をつく。

「お前はエンペラー種を殺っちまってるだろ」

呆れた様子でバーラットがそう言うと、今まで黙って聞いていた智也とミイが目を丸くする。

「はぁっ⁉　エンペラー……むぐっ！」

「どゆことです？　エンペラーって……モゴモゴ……」

大通りの一角、辺りには人が多い。智也とミイが驚愕の事実に思わず上げた声は、ネイによって背後から塞がれた。

「あー、はいはい。ヒイロさんの異様さに驚くのは分かるけど、大声はやめてね。詳細は後で説明してあげるから」

話の内容的にそうなるだろうなと予測して迅速に動いたネイの事務的な動きに、口を塞がれた智也とミイはコクコクと頷く。

ネイのファインプレーを見届けたバーラットは、ヒイロに向き直る。

「アレが住んでいた湖は、ここと近い。この領が、脅威の対象として監視していたことは容易に想像できる」

「つまり、私がアレを倒した時、既にマークされていたということですか」

バーラットの説明で、何故自分が？　という疑問に納得がいったヒイロに、レミーは話を続ける。

「正確には、その時点では、観察対象はヒイロさんだけではなかったんですけどね」

そう言いながらレミーはバーラットを見る。

「アレには、定期的に忍びを派遣して観測していました。ですから、気配が消えていることに気付いた時は、誰がやったのかは分からなかったんです」

「なるほどな……つまりは、俺も観察対象に入っていたわけか」

レミーは頷く。

「調査の結果、アレの気配が消えたであろう時期、イナワー湖の側にいたのは八人。その中で一番可能性が高かったのが、バーラットさんでした」

「ほほう、私は論外でしたか」

少しガッカリしたようなヒイロに、レミーは苦笑いを返す。

「ヒイロさんとバーラットさんの存在に気付いたのは、お二人が魔物の集落を出た時でした。妖精のニーアちゃんは対象から外れてましたし……」

「むっ！　ぼくだって、その気になれば……」

「できねぇだろ」

「……うん」

ファイティングポーズを取り話の腰を折りにかかるニーアだったが、バーラットにすぐさま反論されて、言葉尻をすぼめながら素直にコクリと頷く。

自分が領主の命を受けていると明かした後も、いつもの態度を崩さない。そんな仲間に少し安堵しつつ、レミーは話を続けた。

「ヒイロさんはその時は除外されてたのですが、バーラットさんもSSランクとはいえ、実力的に単独討伐は不可能と判断してましたから……一緒にいたヒイロさんへの監視も一応は続けていたのです」

「ふむ……だとすると、私が怪しまれたのはあのダンジョンからですか」

ヒイロが言っているのは、レミーと初めて会ったダンジョンのことだ。ニーアも「ああ、あれね」と嫌そうな顔で相槌を打つ。

するとレミーはその通りだと頷いた。

「私があのダンジョンを彷徨っていた経緯は、お恥ずかしながら話した通りです。コーリの街に冒険者として潜伏しつつ、バーラットさん達を監視していたのですが、立場的に、貴族からの依頼を受けなければ不自然だと思ってともにダンジョンに潜りまして……」

「置いてきぼりを食らってダンジョンで迷子か？」

「……はい」

バーラットは、歯に衣を着せるということをしなかった。レミーが身を小さくすると、裏の顔のレミーもやっぱりレミーですねと微笑みながら、ヒイロは話の続きを促した。

「そこにたまたま、私が来たんですね」

「はい……私が落ちた落とし穴の先にヒイロさんがいて、監視対象に接触してしまったと落胆したものですが……そこでGと戦うヒイロさんの異常な戦闘力を目の当たりにして、もしかして、と考えを改めたんです」

「それで、俺達の中に潜り込むことにしたのか」

顎に手を当てつつバーラットが呟くと、レミーはコクリと頷いた。

「フェスリマス王子の件でヒイロさんがアレの牙を持っていることを知り、そのことを国に報告したら、ヒイロさんをこの国に連れてこいと命を受け、今に至るのです」

全てを話し終え、申し訳なさそうに自分を見上げてくるレミーのことを、ヒイロは見返す。

しばらく見つめ合った後、ヒイロは一つ大きく息を吐くと、視線をバーラット達の方に向けて肩を竦めた。

「だ、そうです。というわけで、今夜の宿泊先はここの領主様の屋敷になるみたいですが、よろしいですか？」

少しおどけて確認を取るヒイロに、バーラット達は口元を緩める。

「まっ、レミーの立場もあるし、仮に断ればこの国に悪い印象を持たれちまうからな、仕方ねぇんじゃねぇか」

「立派なお屋敷に泊まれるならいいんじゃない」

ヒイロの存在がバレている時点で避けては通れないと腹をくくるバーラットと、お気楽に返すニーア。二人を皮切りに、ネイ、智也、ミイも異論は無いと頷く。

皆の確認を取り、ヒイロは再びレミーへと視線を向けた。

「と、いうわけで……レミー、案内してもらえますか?」

「はい!」

どうせバレるなら自分の口からと思い覚悟を持って告白したが、結果として受け入れてもらえたことに感謝し、目に涙を溜めるレミー。

そんな彼女の肩に手を置いて、ヒイロは「早く行きましょう」と促す。

その心は、同郷であろう領主への期待に満ち溢れていた。


領主の屋敷は、街の南西部にある高級な屋敷が建ち並ぶエリアの中心に位置していた。

大きな二階建ての屋敷に広い庭、そして敷地を囲む高い塀と柵状の表門。

よくある貴族の屋敷の形状である。

「貴族や金持ちで住む場所を固めるのは、どこの街でも同じだな」

自分の屋敷も同じような立地に建っているのに、つまらなそうに呟くバーラット。

「貴族や大商人が庶民と家を並べていたら、それはそれで変だし、庶民の方も御近所さんが偉い人だと気が休まらないでしょ」

ネイが苦笑混じりにそう反論すると、気が休まらないという点に納得がいって、バーラットは「それもそうだな」と頷いた。

屋敷に住むバーラットと肩書きが貴族であるネイ。だというのに庶民目線で語る二人に、ヒイロは苦笑いを浮かべながら領主の屋敷を見上げた。

古めかしく威厳ある立派な屋敷なのだが、『日本の城みたいな建物を築城しているのでは』と少し期待していたヒイロは肩を落とす。

しかしすぐに気を取り直して、レミーに目を向けた。

「では、案内してもらえますか」

「はい」

ヒイロに促されて、レミーは門の両脇に立つ衛兵の一人へと話しかける。

そして開けられた門から、一同は敷地内へと入っていった。

門から続くレンガで作られた道は、真っ直ぐに屋敷の玄関へと続いている。左右には色とりどりの花が咲く見事な庭園。その奥には、中央に瓶を抱えた女性像が立つ噴水まであった。

そんな見事な庭園を眺めながら一同は歩き、数分で屋敷の玄関へと辿り着く。

すると、ノッカーを叩いてもいないのに重厚な木製の扉がひとりでに開いた。

咄嗟に身構える一同の先には、ヒイロ達を迎えるように左右に並ぶ二十人ほどのメイド達。

　彼女達は深々と頭を下げていた。

　その人数に圧倒されてヒイロやネイが二の足を踏んでいると、バーラットが先頭のレミーの耳元へと顔を寄せる。

「レミー……このメイド達、佇まいに隙が無いんだが……」

「はい。領主様のメイドや執事は、全て忍者学校の高位卒業生で占められてますから。領主様の影の部隊、その主戦力はメイド達なんです」

　あっけらかんと答えるレミーに、バーラットは眩暈を覚えた。

（おいおい、腕利きの衛兵くらいは覚悟していたが、屋敷で働く者達が全員レミーレベルってことか？　冗談じゃねぇぞ、この屋敷では密談も満足にできねぇってことじゃねえか）

　バーラットはレミーの隠密行動に一目置いている。

　そんな手練れが二桁もいたのでは、屋敷の中で隠し事はできないだろう、頼むから余計なことは口走ってくれるなとヒイロを見る。

　しかしヒイロはそんなバーラットのアイコンタクトから、メイドくらいで気後れするな、という見当違いな意味を受け取って、自信満々に頷いてみせる。

　本当にあいつは分かっているのか？　とバーラットが訝しんでいると、メイド達の右側先頭にいた女性が顔を上げた。

眼鏡をかけた二十代前半くらいのその女性は、レミーをそのまま大人にしたような容姿をしていた。

あまりに似ていてヒイロ達が言葉を失っていると、レミーがそのメイドに向かって駆け出す。

「エリー姉さん！」

「レミー、お勤めご苦労様」

優しく答えてレミーと抱き合う女性に、ヒイロはポンと手を叩く。

「ああ、レミーが前に言っていた、ここでメイドをしているお姉さんですか。領主様の奇行を心配しているという話でしたよね」

「ああ、確かに言ってたっけな」

頷き合うヒイロとバーラット。そんな二人の会話からネイ達も合点が行くと、メイド達の奥から一人の執事が現れた。

青みがかった髪をオールバックに纏めた彼は、特徴の無い平凡な顔をしている。

「遠い所、ようこそお越しいただきました。私は当屋敷で執事を務めさせていただいているヤシチと申します。皆様、どうぞこちらへ」

執事は深々と頭を下げると、ヒイロ達に屋敷内に入るように勧めた。

それに応えてヒイロ達が屋敷内に入ると執事は自然に先頭を歩き始め、姉と離れたレミーが最後尾に付いた。

執事は中肉中背で、三十代にも四十代にも見え、歳が読めない。特徴のない顔と合わさって、とにかく印象が薄いのだ。

しかしバーラットは、執事の一挙手一投足を観察し、熟練された動きからベテランのようではあるが、実際はかなり若いのではないかと踏んでいた。

(三十代どころか……もしかすると二十代後半か？　年齢不詳、容姿も覚えづらい。なるほど、隠密としてこれほど向いている外見はないな。こんなのを雇っている時点で、ここの領主の怪しさが窺える)

緊張を高めるバーラットとは対照的に、ヒイロは気楽にヤシチに声をかける。

「あのー」

「何でしょうか？　ヒイロ様」

ヤシチは足を止めてクルリと振り向き、その丁寧な対応に、ヒイロは恐縮する。

「あっ、大した話ではないので、足を止めずに聞いていただけると、ありがたいのですが」

「そうですか、それでは失礼します」

再び正面を向いて歩き始めたヤシチに、ヒイロは続きを話し始めた。

「ヤシチさん、そつのない出迎えでしたが、もしかして、この街に入った時点で私達は気付かれていましたか？」

「いえいえ――」

笑顔で否定するヤシチに、ヒイロは一瞬ホッとした。しかし――

「お迎えする準備は、ヒイロ様方がサクリの街に着いた時から行っておりました」

前の街、あるいはもっと前からヒイロ達の動きを把握済みだったことを匂わせる発言に、

「あっ、そうですか」と呆然と返す。

そうして一同を黙らせたヤシチは、廊下に並んだ一つの扉の前で止まり、扉をノックした。

「はい」

「奥様、ヒイロ様とお連れの方々がいらっしゃいました」

「そうですか、入ってもらってください」

「仰せのままに」

部屋の中から聞こえてくる声に一礼したヤシチは、扉を開けてヒイロ達に部屋の中へと入るように促す。

ヒイロ達が入るとそこは、庭側の壁がガラス張りで半円状のテラスとなっている、明るい部屋だった。

テラスの向こうには、先程見えていた女性像の噴水があり、涼やかだ。

そんな庭を眺めて、ヒイロ達に背を向けている女性が一人。

「領主様の奥方、クレア様です」

最後に入ってきたヤシチが紹介すると、女性はゆっくりと振り向いた。

歳は二十歳くらい。腰まで伸びた金髪はきらびやかで、顔立ちは人形のように美しい。

そんなフランス人形みたいな、可愛らしく美しいクレアが一礼すると、ヒイロ達も慌てて頭を下げた。

「ようこそいらっしゃいました。私はクレアと……」

頭を上げて挨拶をするクレアだったが、その言葉が途中で止まった。

彼女の目は、大きく見開かれている。

「まさか……そんな……」

口元に手を当て声を震わせるクレアに、一同は彼女の視線を追ってヒイロに注目する。

「えっ！　あの、その……私が何か？」

視線が完全にこちらに向けられていることに気付いたヒイロが、自分を指差して戸惑っていると――

「ひろし！」

クレアは大声を上げて走り出し、ヒイロへと抱きつくのであった。

# 第7話　領主と妻——その正体（しょうたい）

「えっ！　あれ？　何で？」

クレアに抱きつかれて混乱するヒイロ。

そんな彼を、バーラットはジト目で睨みつけた。

「おいおい、こりゃあ、どういうことだよ」

「そんなこと……私が聞きたいですよ」

腰に手を回してしっかりと抱きついてきているクレアに、触ってはまずいと手を空中で彷徨（さまよ）わせながら、ヒイロはしどろもどろに答える。

「だが、凄え親密（しんみつ）そうじゃねぇか」

バーラットの更なる疑惑（ぎわく）の言葉に、背後のネイと智也、ミイもウンウンと頷く。

レミーと執事のヤシチなどは、状況が理解できずに不安そうな視線を送っていた。

「あう……」

「ヒイロ、本当にこの人とは初対面なの？」

仲間達の疑惑の視線にヒイロが天を仰いで呻くと、その肩でニーアに小首を傾げられ、彼は言葉無く頷いた。

そんなヒイロの反応に、ニーアはブスッと頬を膨らませる。

皆が不測の事態に対応できずに言葉を無くし、室内が静寂に包まれる中、廊下の方から足音が響いてきた。

一斉に廊下へと続く扉に視線が集まる。すぐに、ガチャリと扉は開かれた。

「皆さん、お待たせしてすみませんでした。私はメルクス・ゼイ・ベースト。この屋敷の主人……」

扉を開けて現れた青年は、そこまで言って固まった。その視線は、ヒイロとクレアに注がれている。

再び訪れる静寂。

そんな時が止まったかのような気まずい空気を打ち破ったのは、笑顔をそのままに、こめかみに青筋を立てたメルクスだった。

「な……何をしている?」

歳は二十くらい。屈強な護衛の男を二人従えた貴族服の似合う金髪碧眼の美青年は、上げていた口角を引きつらせつつ、ワナワナと肩を震わせてヒイロをビシッと指差す。

「えっと……これはその……」

問われてもヒイロに状況説明ができるわけがない。

言葉に詰まるヒイロに業を煮やしメルクスが後方を振り返ったのは、ニーアが眉をひそめながら立ち上がったのと同時だった。

「ヒイロ！　いい加減、その女を引き剥がしなよ！」

「――さん！　――さん！　あの不埒者をやってしまいなさい！」

メルクスなど眼中に入れずに、クレアに抱きつかれるままのヒイロに苛立ったニーア。

耳元で叫ばれたその声で、ヒイロの耳にはメルクスの叫ぶ護衛の名前は届かなかった。

しかし、名を聞いたであろうネイが驚きつつ「執事の名前はヤシチだったよね。それって……」と呟いているのは耳に届いていた。そのため、聞こえなくて正解だったかもしれませんと思いつつヒイロは苦笑いを浮かべる。

メルクスに命じられた護衛のうち、一人は腰の刀を抜きながら、もう一人は無手で構えて青年の前へと出た。

その行動に、ヒイロが手の平を前に突き出しながらあたふたと言い訳をしようとすると、抱きついていたクレアが目を潤ませつつメルクス――自分の夫へと顔を向ける。

「貴方、ひろしですよ。分かりませんか？」

「……なに？」

クレアの言葉に、メルクスは訝しみながら護衛の二人を掻き分けて前に出る。そしてヒイロの顔をマジマジと見つめると、パッと顔を輝かせた。

「おおっ！　歳は大分食ってしまっているが、確かに！」

確信を得てメルクスは両手を大きく広げると、ヒイロ達に近付き二人を抱きしめた。

そんなメルクスの行動をバーラット達は唖然と見つめる。

そしてヒイロは「何なのです」と諦めに似た表情で天を仰ぎ、ニーアは「本当に、あんたら何なのさ！」とヒイロの肩で地団駄を踏むのだった。

「こほん……」

ヒイロから離れ姿勢を正したメルクスは、その場を取り繕うように咳払いを一つする。

その隣にはニーアを肩に乗せたヒイロとクレアが立ち、前には状況説明を求めるバーラット達がいた。

護衛の二人は退室しているが、執事のヤシチは主人を守るようにヒイロ達の背後に控えている。

「私は、そちら側に立ちたいのですが……」

何故か説明する側に立っていることに困惑しているヒイロが、バーラット達の方を指差しながらクレアを見ると、彼女はニッコリと微笑む。

「何を言ってるの、ひろし。私達家族の説明なのだから、貴方はここでいいのよ」

「家族って……」

「何、ヒイロを仲間に入れようとしてるのさ！　大体、ヒイロはヒイロであって、ひろしなんて名前じゃないよ！」

動揺するヒイロの言葉を遮って、ニーアが猫のように身の毛を立てて威嚇する。そんな彼女の頬を、クレアは余裕のある笑顔でつついた。

「あら、可愛い妖精さん」

「むう、バカにするな！」

「ニーア、話が進みません。ここは堪えてください」

ヒイロが宥めると、憤慨していたニーアは渋々引き下がった。

そんな三人の様子を微笑ましく見ていたメルクスは、再び気を引き締めた表情で、正面に向き直って口を開く。

「さて、皆さんは私達夫婦とひろし……いえ、今はヒイロと名乗っていたのでしたね——ヒイロとの関係を知りたいということでいいですね」

メルクスの確認に、バーラット達は勿論、ヒイロも頷く。

メルクスはそんな皆の様子を見回して満足そうに頷いた後で、ゆっくりと告げた。

「端的に言いますと私は、ヒイロの父です。そして、妻は——」

メルクスに促されたクレアは、

「母です」

とにこやかに答えた。

「「「………………はぁ？」」」

理解の範疇（はんちゅう）を大きく逸脱（いつだつ）したメルクスの説明に、ヒイロ、バーラット、ネイ、智也の四人が大きく首を傾げる。

ミイは「ヒイロおじさんのお父さんとお母さんだったんだー」と素直に納得しているが、レミーは目を見開きヒイロを指差しながら口をパクパクさせていた。どうやら、驚きのあまり混乱し、上手く言葉にできないようだ。

当のヒイロは「私の両親はごく普通の人です。決して、こんなキラキラした方々ではありません」とブンブンと首を横に振る。

ニコニコ顔のメルクスとクレア、それと疑問を抱かないミイを除いた他の面々は、ヒイロと夫妻を交互に見ながら困惑していた。

そんな空気を打ち破ったのは、ヒイロの肩に乗るニーアだった。

「ヒイロの親って……んなわけあるかー！　生き物的に姿が違いすぎるじゃないのさ！」

「いやいや、ニーアちゃん……突っ込む所はそこじゃないでしょ。年齢よ、年齢！　ヒイロさんの両親がこんなに若いわけないじゃない」

ニーアに手の平を上下に振りながらツッコミ箇所を訂正するネイ。そんな彼女にも、智也からジト目が向けられた。

「おいおい、疑問点はそこか？　それ以前に、俺達の同郷であるヒイロさんの両親を名乗る奴がこの世界にいることがおかしいだろ」

「あっ……うん、そうだよね。そこんところ……」

智也から突かれたもっともな疑問に、ネイが質問を投げかけようとしたが、バーラットがそれを手で制する。その視線はメルクスの背後、ヤシチへと注がれていた。

バーラットの懸念は、この問答によりヒイロ達の素性が必要以上に拡散されることだったのだが、メルクスはそんな彼の考えを見通していたようだ。

「彼ならば、心配ありません。生まれた時から私に仕えてくれている者で、私達に関することも全て話してますから。重要な情報をよそで口にすることもありません」

メルクスから信頼の言葉を受け、ヤシチは重々しく礼をする。その姿を満足げに見つめた後で、メルクスはレミーへと視線を移した。

「それよりも、レミーをここにいさせてよろしいんですか？　彼女の口の硬さを疑うわけではありませんが、知らなくてもいい情報を知ってしまうと、彼女にとって良くないのではと思いますが」

「それに関しちゃ、手遅れですね。大体、そういう情報が欲しくてこいつを俺達のもとに送ったのは貴方がたでしょう？」

バーラットがそう言うと、ヒイロの素性をレミーは知っているのだと察してメルクスは苦笑した。

「確かに、その通りですね。こんな国が欲するような情報が満載（まんさい）の案件に足を突っ込ませてしまって、申し訳なかった」

頭を下げるメルクスに、レミーは恐れ多いと慌ててかぶりを振る。

「そんな！　領主様が頭を下げることではありません！　この任務だって、お命じになったのは陛下（へいか）ですし……」

「ほほう、俺はそちらの御仁（ごじん）の指示だと思っていたが、レミーの雇い主は国王だったのか」

「あっ！　今のは……その……」

テンパって要らぬことを口にしてしまったとアタフタするレミーに、バーラットは「聞かなかったことにしてやる」とニヤリと笑う。

その笑みがあまりにも凶悪で、レミーは渋面を作った。

「……バーラットさんのその笑顔、とても安心できないんですけど」

「はっはっはっ、心配するな。俺だってこんな情報一つでこの国のトップに揺さぶりをかけたりはしないさ」

「ちょっとバーラットさん、メルクスさんの前で変なこと言わないでよ」

ネイが「今のは冗談ですからね」と一言添えると、メルクスは承知（しょうち）していると頷く。

「では、心配も無くなったことですし、話の続きをしましょう」

メルクスが本題に戻ろうとすると、和やかな空気から一転、重苦しい空気が辺りを包む。

静寂と一同の視線を一身に浴びて、メルクスは話し始めた。

「私と妻は前世の記憶を持っています。そしてその記憶は、ヒイロの両親としてのものなんですよ」

「……転生者」

ネイの口から漏れた言葉に、メルクスは頷く。

「端的に表現するなら、それが一番しっくりきますね。二十年前、私達は交通事故で二人揃って死にました。そして気付けばこの世界にいたのです」

メルクスの話を受けて、ネイと智也が視線をヒイロへ向ける。そんな二人に対して、ヒイロはコクリと頷いた。

「確かに死因と死亡時期は一致しています。しかし……」

言いながらヒイロはメルクス夫妻に視線を向け、一瞬、言葉を失いながら天を仰ぐ。

「事実だとしても、こんなに若く、記憶からかけ離れた容姿の両親は勘弁して欲しかったです」

呻くように心境を語るヒイロ。

彼の記憶の両親は、四十過ぎの、ごく普通の中年夫婦だった。

そんな両親が自分の子供くらいの年齢で、しかも、西洋の貴族を思わせる見目麗しい姿で現れたのだ。生理的に容認できないのも仕方がないことだった。

そんなヒイロの葛藤を知ってか知らずか、メルクス夫妻は楽しそうに笑う。

「ふっふっふっ、ヒイロがどんなに否定しようが、俺達がお前の両親だったという事実は変わらん。諦めるんだな」

「そうよ。ヒイロ。まったく、そのグジグジと悩む癖は変わらないわね。ああ、懐かしい」

口調も貴族然としたものから、庶民のものに変わってしまっている二人に、ヒイロはこめかみに指を当てながら嘆息する。

「転生している時点で他人なんですから、前世の関係を持ち込むのは勘弁してください」

「何を言う。家族というのは、血の繋がりよりも心の繋がりが重要なんだぞ」

「いやいや、それも今の所は一方通行ですよ。いきなり自分の半分くらいの年齢の二人から、両親だと言われる私の身にもなってください」

「あら、お母さんが若返って綺麗になったのに、ヒイロは嬉しくないの？」

「綺麗になったなんてレベルじゃないでしょう！　完全に人が変わってるんですから」

キョトンとするクレアに本格的に頭を抱えるヒイロ。

そんな細かいことは気にするなと、メルクス夫妻は容姿に似合わない豪快な笑いを見せた。

すっかり毒気を抜かれてしまっていたバーラット達だったが、不意にネイがヒイロへと確認を取る。

「それで、どうなのヒイロさん？　お二人が言ってることは本当そう？」

「見て分かるでしょう、多分事実です。転生したことを若くなって綺麗になった程度にしか思わない大ざっぱな性格、私に対する小馬鹿にしたような喋り方……本物でしょうね」

できることなら認めたくはないが、容姿以外の全ての事柄が、事実であると物語っている。

仕方なく頷くヒイロの肩を、メルクスがバシバシと叩いた。

「はっはっはっ、やっと認めたか、命拾いしたな。認めなければ、幼い時のお前の失敗談を延々と語ってやろうと思っていたんだ」

「なっ！」

ヒイロが嫌な汗を流して絶句していると、ネイとニーアが目を輝かせてメルクスとクレアを見る。

「えっ！　ヒイロさんの幼い時の話？」

「面白そう！　聞かせて、聞かせて」

「そう？　じゃあまずは……あれは、この子が幼稚園の時だったわね。ほら、この子って不器用でしょ、やることなすこと全てが上手くいかなくてねぇ……」

ネイとニーアの催促に、クレアが嬉しそうに話しだすと、その口を慌ててヒイロが塞ぐ。

「お喋り好きな近所のおばさんじゃないんですから……私のプライベートなことを安易に振り撒かないでください」

「何がプライベートだ、お前の数々の失敗の武勇伝は地元じゃ有名だったじゃないか。今更、隠しても……」

「この世界では、知る人はいませんよ。勘弁してください」

メルクスの話し方は元の世界の父がそのままそこにいるようで、ヒイロは手を額に当てながら渋面を作る。そんなヒイロの態度を見て、クレアはコロコロと笑った。

「まだ、自分の失敗を恥じる羞恥心は持ってたのね。私達が死ぬ直前の頃は、自分の才能の無さを受容してる様子もあったから心配だったけど……安心したわ」

確かに元の世界にいた頃のヒイロは、自分の人生に対し、諦めていた。

それこそ、自分の不甲斐なさを自虐的な笑い話にしてしまうほどに……それは、心の弱い者なら自らの死を選んでも不思議ではないほどであった。

しかし、自分を支えてくれる友や、愛情を込めて育ててくれた両親に悪いと思い、そんな考えが浮かばないように生きてきたのだ。

その頃の自分を思い出し、ヒイロは小さく笑う。

「今の私はそれなりの力を得ています。若い人の前でコケにされるのは恥ずかしいんですよ」

メルクスは眉間に皺を寄せた。

「やはり、こっちに来る時にスキルを得ていたか……」

「えっ！　知ってたんですか？」

「まあ、な。こちらに召喚されたあちら側の人間――俗に勇者と呼ばれる人々だが、そんな人達が召喚された時に規格外のスキルを得ていることは確認済みだ。かく言う今の俺の曾祖父にあたる人も、この家に婿入りした勇者だったらしいからな」

「なんと！　それじゃあ……」

メルクスはヒイロの言葉を察してかぶりを振る。

「俺達にそんな特別なスキルは無い。俺は勇者だった曾祖父の血を継いでいるせいか、人よりは優れた力を持っているが、並外れたというほどのものではない。母さんに至っては完全に普通の人だしな」

「スキルを得られるのは、あくまで召喚者ってことですか」

ネイの結論にメルクスは頷くと、険しい表情のままヒイロへと向き直った。

「ヒイロ。優れた力を得たからといって、それに溺れてはいないだろうな？」

厳しくも自分を心配する心内が見え隠れするメルクスの詰問に、ヒイロは笑みを浮かべながら小さく頷く。

「私を何歳だと思っているんですか、もう四十過ぎですよ。さすがに、それまでの生き方を否定するには歳を取りすぎてますよ」

「ふふ、そんなところまで不器用だったか」

安心したように顔を綻ばせるメルクスの肩に、クレアが嬉しそうに手を置く。

「貴方、ヒイロがちょっと力を得たくらいで天狗になるわけがないじゃないですか。この子は、私達が手塩にかけて育てた子なんですよ」

「だよな。俺達の教育は間違ってなかったってことだ」

「……はぁ～～～。この二人が私の両親……理解はできてもやっぱり許容し切れません……」

自分を誇るように笑うメルクスとクレア。そんな若い二人を見ながら、ヒイロは大きくため息をつくのだった。

# 第8話　夜の女子会と朝食の風景

……コンコンコンコン。

日付も変わろうとしている時刻。

控えめなノックの音が聞こえ、自室で髪をとかしていたクレアは、ドアを見る。

「どちら様？」

「ネイです。クレアさん、よろしいでしょうか？」

「ネイさん？　こんな夜更けにどうしたんです？」

椅子から立ち上がりクレアがドアを開けると、その向こうにはネイとともに、眠そうなミイと恐縮しているレミー、そしてその肩に乗るニーアがいた。全員が、寝間着として用意されていた、クレアと同じようなネグリジェを着用している。

「あらあら、大勢のお客さんね」

突然の来客に嬉しそうに微笑むクレア。ネイはこんな時間に訪れたことを申し訳なく思いながら、口を開いた。

「あのー、ちょっとお話でもと、思いまして……」

「こんな時間に？　……ああ、もしかして、うちの人が騒いでるのかしら？」

寝室を共にするメルクスが部屋に戻ってこないことから、全てを察したクレアが確認すると、ネイはコクリと頷く。

「久しぶりに息子と飲みたい、ってメルクスがヒイロの部屋に来て、それにバーラットが智也を引きずりながら加わって、どんちゃん騒ぎだもん。部屋がヒイロと一緒のぼくと、隣り合ってるネイ達のことを考えて欲しいよ」

騒いでいる者達の中心にいるのは、屋敷の主人である。しかも高い位の貴族とあって、あまり悪くは言えないネイ。彼女に代わり、ニーアがズケズケと文句を並べた。

するとクレアは、笑顔はそのままに、声のトーンを思いっきり下げた。

「あらあら、お客様に迷惑をかけるなんて……あの人も久しぶりにヒイロと会って浮かれているのかしら？　分かったわ。私がたっぷりと言い聞かせてきましょう」

周囲の気温が下がったと感じさせるほどの雰囲気を醸し出すクレア。そのまま部屋から出ていこうとするが、ネイが慌てて止めた。

「いえ、そういうお願いをしに来たわけじゃないんです。メルクスさん達が男性陣で楽しんでるようなので、私達も女性だけでお話でもできないかなぁって思っただけでして」

「あら、パジャマパーティーのお誘い？　でも、若い人達にこんなおばさんが混じって、お話に付いていけるかしら？」

「……いえ、クレアさんは十分に若いですから」

コロっと雰囲気を変え、頬に手を当てて困ったように首を傾げるクレアに、ネイは苦笑いで答えるのだった。

ネイ達が部屋の中へと入る。そこでクレアは、思い出したように彼女達の方を見たまま言った。

「お話しするのに、何も茶請け(ちゃう)が無いのは寂(さび)しいわね。こんな夜分に申し訳ないのだけど、準備してもらえるかしら」

そんなことを言ったクレアに、ネイとニーアは一体、誰に向かって言ったのかと不思議に思いながら顔を見合わせる。

そんな中、命令ならば自分へ向けられたものだろうと思ったレミーが返事をしようとしたのだが――

「かしこまりました」

背後から返事が聞こえ、彼女は慌てて振り返った。

そして自分の背後にいた人物に気付き、レミーは目を見開く。

「エリー姉さん!?」

当然のようにそこにいる姉に驚くレミーに、エリーは余裕のあるウインクをしながら廊下へと出て扉を閉めた。

「いつから、いたのかな？」

「多分、私達が部屋を出た時から付いてきてたんだと思います。私も気付きませんでしたけど」

閉められた扉を呆然と見つめてそう言うレミー。

その言葉にネイは、索敵能力が一番高いレミーでも気付かないなら、私達じゃ無理よねと考える。そして同時に、他のメイドにもロックオンされてるんじゃないかと思い苦笑いを浮かべた。

と、ネイが手を取って連れてきたミイがカクンと頭を垂れた。彼女はすぐにハッと目を見開くが、やがて再びトロンと瞼を下げる。

その様子を見たクレアは、目を細めて微笑む。

「ミイちゃんはお眠さんのようね。可愛そうだからベッドで寝かせてあげましょ」

言いながら、天蓋付きのキングサイズのベッドにミイを寝かせ付けるクレア。

そんな彼女の姿に母性を見たネイは、浮かんできた疑問を口にする。

「やっぱり、前世の記憶というのは今の人生でも大きく影響するものですか？」

「えっ？　そうね……特に私やメルクスは、物心ついた時から前の記憶があったから。あちらの世界での経験は、どうしても引きずってしまっているかもしれないわね。それが良いことなのかは微妙だけれど」

答えながらクレアはネイ達に席を勧める。勧められるがままにレミーとネイが席に座ると、ニーアは当然のようにテーブルに足を伸ばして座った。

行儀の悪いそんな行動を、特に咎めることもなく正面に座るクレアに、ネイは話の続きを促した。

「微妙……というと？」

「平民なら良かったんですけどね。貴族となるとしきたりとかマナーとか言葉遣いとか、覚えることがいっぱいあるんですもの。それらを覚えるには、前の記憶から来る習慣はどうしても邪魔になるのよ」

クレアがそこまで言った時、ドアがノックされる。彼女が「どうぞ」と答えると、トレーに茶道具一式を載せたエリーが一礼して部屋に入ってきた。

「それに、人に命令するのも、未だに抵抗があるのよね」

テーブルの上に、クッキーの載った皿とティーカップが並べられていくのを見ながら、クレアは苦笑いを浮かべる。

そんな彼女の言動に、ネイやニーアはヒイロの母親らしいなと思いつつ微笑んだが、エリーはティーポットから紅茶を注ぎつつ苦言を呈した。

「ご自覚がおありだったのですね。奥様はまだまだ、自分で行動しすぎです」

「そうなの？　エリー姉さん」

驚いたように返すレミーに、エリーは深くため息をつく。

「そうなのよレミー。気になるとその辺の掃除を始めようとなさるし、一人で街に繰り出して買い物なさろうとしたり、他にも厨房で料理の陣頭指揮を執られたり……普通の貴族はそんなことはしないでしょ」

「あら、エリー。妹を使って私を批判するの？　そんなに言いたいことがあるのなら、貴方もパジャマパーティーに加わりなさい。レミーとも積もる話はあるのでしょう？」

特に怒った様子でもないクレアの提案に、エリーは一礼して慣れたように席に着く。

そんな姉の行動にレミーは驚いた。

「メイドが奥様と同じ席に着くなんて……」

「どうせお断りしても、その後に同席しなさいと命令が来るんです。奥様はそういう命令には慣れておいでなのよ」

諦めたように語るエリーの姿に、ああ、よくあることなんだなと感じ取ってレミーはそれ以上の追及はやめた。

一同はエリーの言いように笑い声を零しながら、それぞれに紅茶の入ったカップに口をつける。

寝間着もそうだが、カップまでニーアサイズの物が用意されている。その周到さに、ネイはジト目でエリーを見た。

「妖精サイズの物が元からここにあった、ってわけじゃないですよね」

「ええ、さすがに妖精のお客様が来ることはありませんから。新しく、ご用意させていただきました」

「あっ、やっぱりそうだったんですね」

自分達がここに泊まることは予定調和だったのだなと納得するネイに、クレアが話を振る。

「それじゃあ、何を話題にしましょうか？」

「う～ん、ここにいる皆に共通する話題となると……やっぱりヒイロさんのことかな？」

昼間聞きそびれたヒイロの幼い時の話が、ネイは気になっていた。

彼女の要望に、クレアは遠い昔を思い出すように天を仰ぎながら話し始めた。

「そうね、じゃあ、さっき言いかけてたヒイロが幼稚園の時の話だけど……お絵描きでね、ヒイロは私達夫婦の似顔絵を描いてきてくれたの。クレヨンでね」

「お絵描きの時間ですね。好きなものを描きなさいっていう」

「ああ、忍者学校の年少組の授業でもありました。人相書きで相手の特徴を上手く捉えるための特訓ですよね」

ちょっと話題の内容がズレているレミーの相槌に、ネイとクレアは苦笑いを浮かべながら話を続ける。

「それでね、ヒイロが持ち帰ってきた絵を何故か私達に見せまいとするもんだから、あの子が寝た後でこっそり見たんだけど……私達の顔が真っ黒に塗り潰されていたのよ」

なかなかにサイコパスな絵を想像してネイが顔を引きつらせていると、クレアは困ったように微笑む。

「私達もヒイロの精神的疾患を心配したんだけど、後で幼稚園の先生に聞いたらあの子、描いた私達の顔が気に入らなくて、何度も黒いクレヨンで顔を書き直したみたいなのよ。それで、顔が真っ黒になっちゃったんだって」

「あー、ヒイロって不器用だから、絵も下手だったんだね」

笑うニーアの言葉に、クレアは頷く。

「ヒイロは才能あふれるって子ではなかったから……学芸会では、いつも木や岩の役だったし、家庭科の料理では、自分で作った料理を味見して失神しちゃったし、運動会ではいつもビリ」

「えっ！」

それまで微笑ましく聞いていたネイが、最後の一言を聞いて驚きの声を上げた。

何事かという目で、ニーアとレミーが振り向く。

「何をそんなに驚いてるのさ？」

「あのねニーア、運動会って、同い年の者同士で身体能力を競う大会なのよ。クレアさんが、そんな大会でヒイロさんはいつもビリだったっていうから」

「へー、確かに、今のヒイロさんからは想像もできないね」

「あら、そうなの？」

意外そうなクレアの言葉に、ネイ達は揃って頷く。

クレアは昼間の話で、ヒイロが何かしらの才能――スキルを得ていることは分かっていたが、その内容までは知らなかった。それを確かめるように、エリーの方に目を向ける。

すると彼女は、主人の意を汲んで話し始めた。

「ヒイロ様は、何かしらの身体強化スキルをお持ちのようです。こちらで掴んだ情報では、上位妖魔や魔族すらも力尽くで退けているとのことですから、そのスキルはかなり強力なものだと推測されます。ですよね、レミー」

話を振られたレミーは、ヒイロへの義理とクレアに対する恐縮に挟まれ曖昧(あいまい)に頷く。そんなレミーの反応にクレアは大きくため息をついた。

「ヒイロには、人並みの生活を送ってもらいたいとは思っていたけど、人並み以上の力を得ちゃったのね……」

この世界では、過ぎた力は自身の身を滅ぼしかねないと心配するクレアに、ネイ達は彼女を安心させようと慌てて口を開く。

「でも、ヒイロさんは自分の力を間違ったことには使ってないですよ」

「ええそうです、奥様。ヒイロさんは自分の力を人のために使っております」

「そう、なの……でもそれは、私達の教育の賜物(たまもの)でもあり、足枷(あしかせ)のせいでもあるかもね」

「足枷？」

クレアの言い方に不安を感じてネイは首を捻(ひね)る。

そんな彼女に、クレアは力なく微笑んだ。

「さっきも言った通り、ヒイロは何をやってもダメな子だったの。私達も、何か得意なことがあるんじゃないかと色々とやらせてみたものの、どれも人並み以下の結果で終わっちゃってね。あの子も新しいことをやる度に期待しなら始めるんだけど、いくら努力してもどれも上手くやれなくて……最後にはふさぎ込んじゃって、一時は笑わなくなるほどだったわ」

クレアが悲しそうに語るヒイロのイメージが、規格外の力を宿し明るく振る舞う今の彼の姿に当てはまらず、ネイ達は困惑した。

彼女達の反応も然(さ)もありなんと、クレアは話を続ける。

「このままじゃ、この子は全てを諦め、人生を棒に振ってしまう……そう考えた私達はヒイロに、人に迷惑をかけない、人のためになることをしろって言い聞かせたの。そうすればこの先の人生、あの子が壁にぶつかっても助けてくれる人が、あの子の周りにいてくれるんじゃないかと思ってね」

「ああ、困ってる人を見過ごせない今のヒイロの性格って、そうやってできたんだ」

クッキーをかじっていたニーアの一言に、クレアは頷く。

「私達が向こうの世界で死んだ時、あの子は二十歳過ぎだったけど、その頃には明るく笑うようになっていた。でもそれは、精一杯人のために行動し、それを自分の幸せだと錯覚してしまった結果ではないかと、私は思ってしまうの」

「えっ……それは……」

ネイは思わず反論しようとしたが、上手く言葉が出てこなかった。

そういう風に教育したという母自らの言葉である。その言葉の重さに見合う反論が浮かばなくても、仕方がないのかもしれない。

「この世界に来て、強い力を得てもヒイロは人のために行動していると貴方達は言うけれども、私はそれを教育の賜物だと誇ればいいのかしら？　それとも、自分のために力を使うことを良しとせず、あの子の自由を奪う足枷を付けてしまったと嘆くべきかしら？」

悲しそうに微笑むクレアに、ネイとレミーが言葉を詰まらせていると、いつもの調子でニーアが言った。

「少なくともぼくは、ヒイロと一緒にいられて嬉しく思うよ。だから、ぼくを拾ってくれるような性格にヒイロを育ててくれた、クレアにも感謝したいかな」

「そうね……ヒイロさんがあんな性格じゃなかったら、私も今頃、ここにいなかったかもしれないし。それに、ヒイロさんは結構、自分のために力を使ってますよ」

「……そうなの？」

ニーアの言葉に背を押され、やっと言葉を紡ぐことができたネイに、クレアは意外そうに返す。

すると、それに答えるようにニーアがニパッと笑った。

「うん、そうだよ。ヒイロはお風呂を沸かすためだけに、とんでもない熱量の魔法を生み出したり、冷たい水を飲みたいためだけに、食事の度にウォーターの魔法とコールドの魔法を使ったりしてるもん」

「まあ、ご相伴にあずかってる私達が言えることじゃないけど、傍から見ると結構やらかしてるよね、ヒイロさん」

「でも、アレも私達のためじゃ？」

おどおどとニーアとネイの話に割って入るレミーに、二人は揃って首を横に振る。

「アレは違うと思うよ。間違いなく自分がしたいからしてる」

「うん。だって、ぼく達は一度も頼んでないもん」

「だよねー」

ヒイロをネタに笑い合うニーアとネイ。そんな二人を見てクレアはクスクスと笑った。

「そう……あの子は自分のためにも自分の才能を使えるのね。なら、よかったわ。それに——」

すっかり明るい笑みを取り戻したクレアは、ニーア達を見渡す。

「貴方達みたいな仲間達にも巡り合えて、ヒイロが幸せじゃないわけがないわね」

クレアの言葉を受けて、ニーア達は照れ笑いを浮かべる。

そんな彼女達に向き直り、クレアは気を取り直して言った。

「しんみりするような話をして御免なさいね。せっかくのパジャマパーティーですもの、これからは楽しい話をしましょう」

クレアの提案に、ネイ達も異論はないと大きく頷いた。

楽しい夜はゆっくりと更けていく。

## 第9話　両親の奇行

翌日、ヒイロ達はメルクス、クレアとともに食堂にいた。

広い部屋に置かれているのは大きな長方形のテーブル。

端と端に座ったら話し声すら聞こえないのではというほど長いテーブルだったが、そんなテーブルの隅っこに固まって、面々は食事を始めようとしていた。

朝食の席に着いているのは、メルクスとクレアの他にはヒイロ達一行である。それを見守るようにして、執事のヤシチとメイドでレミーの姉であるエリーが壁際に控えていた。

「ミイ、スプーンはこう持つんだ」

逆手にスプーンの柄をガッチリと握っているミイに智也が注意している隣で、ナイフ、フォーク、スプーンと一緒に当然のように用意されていた箸を選択したネイがメルクス夫妻へと視線を向ける。

「凄いですね。この朝食」

「懐かしいかな?」

「ええ、とても」

笑顔で答えるネイの前には、本当に懐かしい朝食が並んでいた。

茶碗に盛られたご飯に味噌汁。葉物と根菜の漬物と玉子焼き。軽く焼いた魚の干物。

そして——

「なんだこりゃ?」

残りの一品が入った小鉢を鼻に近付け、バーラットがあからさまに顔を顰めた。

バーラットの反応に、同じ物が入った小鉢に顔を近付けてしまったニーア、レミー、ミ

イも次々と同じ反応を示す。特に嗅覚が鋭いミイなどは、持っていたスプーンを落として慌てて両手で鼻を押さえていた。

エリーが素早くミイのそばに移動し、床に落ちたスプーンを拾いつつ笑顔で新しいスプーンを渡す。

ミイは申し訳なさそうにスプーンを受け取ると、非難めいた視線を智也へと向けた。

「おいおい、別に俺が悪いわけじゃないだろ」

「うー……」

確かに智也のせいではない。

しかし分かっているからこそ、誰かのせいにしたいのだ。

そんなミイを笑いながら、智也は周囲の人間の反応を見回す。

「俺達には懐かしくてありがたいもんだが、やっぱりこっちの世界の奴等には不評のようだな、こいつは」

そう言いながら、茶色く変色した豆が入った小鉢を掲げる智也に、ネイが苦笑いを浮かべた。

「私達の世界でも、外国の人にはあまり評判が良くなかったものね。小さい頃から慣れ親しんでないと難しいわよ」

「ですね。作っているとは聞いてましたが……本気で普及させるつもりですか？　納豆を」

ネイの言うことはもっともで、ヒイロも難しいのではと思う。メルクスは肩を竦めた。

「さすがにそこまではするつもりないよ。元々、私達で楽しむためにこっそり作ってただけだ。今回は同じ世界のお前達がいたから厨房で堂々と出したけど、盛り付けるだけでなかなかの騒ぎになったみたいだな」

メルクスがクレアに視線を向けると、厨房で朝食作りの陣頭指揮を取っていたクレアがクスクスと笑う。

「そうねぇ。藁から出して小鉢に移したら糸を引いちゃって、コック長から、『奥様、そんな腐った物は食べ物ではありません、どうか、おやめください』って懇願されちゃったもの」

「そりゃあ、そういうでしょうとも」

料理人に同情しながらも、ヒイロは嬉しそうに納豆を箸でかき回し始める。

慣れた手つきでメルクス、クレア、ネイ、智也が同じ行動をし始めると、バーラット、レミー、ミイが、椅子ごと数歩後ずさった。壁際のヤシチとエリーの頬も、心なしか引きつっている。

「おいおい、本当にそいつを食うつもりか?」

「当然ですよ。恐らくここでしか食べられないでしょうし」

言いながらほどよく混ぜた納豆に醤油を垂らすヒイロ。

「うん、絶対に食べたいっていうほどのおかずではないけれど……」

「あったら、食いてぇよな」

ヒイロの言葉に続けるネイと智也。そんな三人を、バーラット達は異世界の生き物を見るような目で見ていた——実際、異世界の生き物なのだが。

「まあ、納豆とご飯という組み合わせは、食べて飽きるようなおかずではないですからね。私達日本人にとっては……っと、そういえば、ご飯はわざわざ探して普及させたんですよね……父さんが」

父さんという言葉にまだ抵抗があるヒイロ。それでも、そう呼んでもらえることに嬉しさを滲ませながら、メルクスが笑顔で答える。

「ああ、毎日パンだ肉だという食事をしていると、前世の記憶のせいかどうしても飽きてしまって、米を探すことにしたんだ」

「よく、先代が許したもんですね。公爵の後継者の遠出など、そうそう認められるものではないでしょう？」

バーラットが、納豆の入った小鉢を嫌そうな顔で遠くに置きつつそう尋ねると、メルクスは笑顔で頷く。

「そうですね。しかも、私がそれを決断したのは十歳の時だったから。でも、将来自分が治める領地内を見て回り見識を深めたいという建て前を盾に食い下がったら、父が折れてくれました」

「そりゃあ、気の毒に……」

前領主の気苦労を不憫に思うバーラットを尻目に、メルクスはヒイロに向き直りながら武勇伝を語るように得意げに話を続ける。

「で、父さんは昨日の護衛二人とヤシチ、それと母さんを連れて領内を旅して回ったんだ」

「護衛の人数が大分少ないですね」

「まあ、私的な旅だからな」

「……そういえば父さんは、時代劇が好きでしたよね。特に、あの副将軍の出てくる話が……」

ヒイロの指摘を受けて、メルクスはニイッと笑みを深くした。そんな父の反応に、ヒイロは大きくため息をつく。

「もしかして、世直しなんて言って、街を治める悪どい貴族の粛正をしてたなんてことは……」

「一番の目的は米を探すことだったんだぞ。だけど、思ったよりも好き勝手やってる貴族が多くてね」

「やったんですね……」

ため息をつくヒイロに、メルクスはあっけらかんと答える。

「当初はやるつもりはなかったんだけどな。しかし、実際やってみると、うっかり者を一人、連れていくべきだったと少し後悔している」

「そこまで、忠実性(ちゅうじつせい)を求めなくても……」

眩暈(めまい)を覚えるヒイロを、メルクスは気にもせず追い打ちをかけた。

「ちなみに、入浴シーン担当は母さんだ」

「あら、やだ」

クレアが楽しそうにメルクスの肩を叩く。その一方で、母親の入浴シーンを想像してしまったヒイロはゲンナリしていた。ちなみに、ヒイロが想像したのは、元の世界の母親の姿だ。

変な想像のせいで無言になってしまうヒイロ。そんな彼の代わりに、苦笑いのネイが新たな話題を口にする。

「それにしても、メルクスさんはその頃からクレアさんと知り合いだったんですね」

「ああ。母さんの実家は王都にある侯爵家(こうしゃくけ)なんだが、生まれた時から俺と母さんは許嫁(いいなずけ)の約束がなされててね。その関係で、母さんは五歳の頃からこの屋敷で住むようになったんだ」

「わあ、転生しても結婚することが約束されてたなんて、二人の結び付きは相当強いんですね」

「お二人は、お似合いですもの」

キャッキャと色めき立つネイとレミー。

そんな二人をよそに、ニーアが素朴な疑問をメルクス達に投げかける。

「でも、よく前世でも夫婦だったたって気付いたね。普通、前世のことなんてなかなか話せるものじゃないでしょ？」

「ああ、それはこの人が色々とやってたからよ。もしかして、同じ世界の知識を持っている人じゃないかなって思ったの」

「ああ、忍者学校に侍学校……提案したのは五歳の時でしたっけ。公爵家の跡取りという立場をいいことに、好き勝手しましたね」

母の話にヒイロがげんなりしながら父を見ると、メルクスは豪快に笑った。

「なーに、実際にこの領のためになっているんだからいいじゃないか。なんでも西の方では、昔召喚された勇者の提案によって、水着に獣耳を付けて参加する祭りが定着してる地域があるらしいぞ。それまで虐げられてきた獣人との、友好を確認するための祭りって話にはなってるが……そんな提案よりもよっぽど有意義だろ」

「……ケモ耳萌えの方がやりたい放題したんでしょうか？」

「でしょうね。ケモ耳はまだしも、水着着用ってところに執念を感じる」

ヒイロとネイが乾いた笑いを浮かべていると、クレアが横道に逸れた話を修正する。

「それで、この人に私は日本人だったことを打ち明けたら、話が弾んでね。話していくうちに、この人が私の夫だったことも分かったの」

「はぁ～、それでこちらでもご夫婦に、ですか。とんでもない奇跡が起こるものですね」

「そこに前世の子供が召喚されてくるって、それもとんでもない奇跡だと思うけど」

ヒイロとネイは奇跡を連呼しながら納豆をご飯にかけて食べる。

糸を引く納豆を美味しそうに食べたヒイロ達に、バーラットは一瞬、言葉を失った。

「……本当に食うんだな」

「そんな物食べなくても、もっと美味しい物があるのに……」

ニーアもそう言いながら、焼き魚の身をフォークでほぐして口に入れる。

元日本人の面々が美味しそうに納豆ご飯を食べているのを、異世界人達はドン引きしながら見つめていたのだった。

# 第10話　祖母

「ふう〜〜〜」

食後に出された緑茶を飲み、ヒイロは一息つく。

「ふむ、渋(しぶ)い茶だな」

「甘くしちゃダメ？」

緑茶に親しみのないバーラットが珍しげに湯呑(ゆの)みを覗き込み、まだ幼いミイは一口飲んで渋面を作る。

「こいつはこういう飲み物なんだよ」

ミイが舌を出して顔をしかめるので、智也は我儘言うなとばかりに注意する。

「ミイ様にはこちらの方がよろしかったですね」

しかし、そんな智也の教育的指導を無下(むげ)にするかのように、エリーがすぐさま甘いミルクティーを作りミイへと渡した。

ミイは声を上げて喜んだが、智也は不満そうにエリーを見る。

「至れり尽くせりなのはありがたいが、あまり甘やかしてもほしくねぇな」

「申し訳ありません」

贅沢(ぜいたく)に慣れても良いことはないというような智也の言いっぷりに、エリーは素直に頭を下げる。

その様子を見ていたメルクスは高笑(たかわら)いした。

「はっはっはっ、確かに子供には美味(うま)いもんじゃなかったな。そこまで配慮(はいりょ)できなかった

こちらの落ち度だ、すまん」

それは自分の家のメイドを擁護(ようご)する言い方だった。領主に謝られては、さすがに智也も

何も言えない。

実は昨夜の飲み会も同じような理由で律儀に最後まで参加していた智也は、決まりが悪

そうに頭を掻いていたが、ふと忘れていたことを思い出しメルクスを見た。

「そういえば、領主様にお願いがあったんだ」

「私に？」

「ああ」

途端(とたん)に、隣のネイから「言い方！」と小声で忠告を受けながらも、智也は話を続ける。

「実は、人を雇ってもらえる所はないかと思って……思いまして」

なんとか敬語に言い直す智也に苦笑しつつも、メルクスは顎に手を当てた。

「ふむ、人か……何人ほどだ。取り柄(とりえ)は？」

「十五人ほど。皆、掃除や洗濯、料理などのスキルを持ってます」

「家事系のスキルか……だが、そんなスキルを持っているなら、働き口などどうとでもなりそうなものだが？」

「うっ！」

　メルクスの指摘を受け、智也は言葉を詰まらせる。

　そんな中、事情を知るヒイロは智也が言わなかったことを代わりに伝えた。

「全員、過去に悪事を働いて、冒険者ギルドから手配書が出ているんですよ」

「国ではなくてギルドからってことは、冒険者同士でいざこざを起こしたか、小規模の野盗といったところかな？」

「……後者です。でも、それは俺がやらせたことで、あいつらは元々、そんなことやるつもりはなかったんだ」

　ヒイロが包み隠さずに話したせいで正直に言わなければならず、智也は絞り出すような声で肯定した後、真剣に訴えかける。

　ここで変に隠して後からバレれば大ごとになるということくらいは、智也にも分かっていた。

「なるほど……ね。元野盗か……」

　メルクスが難しい顔をする。すると、テーブルの上でお茶をすすって「うえっ」と呻いたニーアが、渋い表情のままメルクスを見た。

「なに、けち臭いこと言ってるのさ。ここは領主の権限で、バーンと引き受けてくれればいいんだよ」

「いや、そうは言ってもな」

ニーアの責任感のカケラもない発言にメルクスが渋ると、そんな彼の袖口を隣からクレアが引っ張りつつ微笑んだ。

「貴方……確か、忍者学校や侍学校の用務員が足りてないって言ってませんでした？」

「ああ、両学校とも寮制で、食事の準備や学園内の清掃なんかをやってくれる人は確かに少なかったが……」

最初は、掃除や身の回りのことは生徒にやらせればいいとメルクスは考えていたのだが、あまりに過酷な授業内容のために、そちらまでこなせる生徒はほとんどいないのが実状だった。

それ故、用務員を雇うようにはなっていたのだが、何せ機密だらけの学校である。おいそれと素性の分からない者を雇うわけにはいかず、絶えず人手不足だったのである。

クレアの一言でそんな状況を思い出したメルクスが、「ああ、そうか」と呟く。

「学校で働いてもらえばいいのか」

「いいんですか？」

腰を浮かせて期待の目で見てくる智也を、メルクスは真剣な目つきで見返す。

「口が硬く、真面目に働くのならな」

「はい。それは言い聞かせます」

即答する智也に、メルクスは重々しく頷いた。

「なら、いいだろう。冒険者ギルドには、こちらで捕まえた野盗を更生のために学校で働かせるとでも言っておこう。あそこの上級生は猛者揃いだから、監視は彼等がいれば十分だと説明すれば、ギルドの方も納得するはずだ」

「ありがとうございます！」

「ただし、しばらくは住み込みになるよ。更生のためだって言ってるのに家に返すわけにはいかないからね」

「ええ、その方がありがたいです」

元々、住む場所も無かった者達だ。むしろ住み込みの方が良いと智也は一も二もなく頷き、その後でミイを見る。

「良かったな。これで、お前らの居場所ができるぞ」

一度は同行を許したが、安全な場所で働けるのならば、わざわざミイを危険に晒す必要はないのである。

心底安心したように告げる智也に、そばで聞いていたヒイロ達はウンウンと頷いた。

しかし、一人ミイだけは不満そうに、フルフルと首を横に振っていた。

「ミイは……おやぶんといる」

「おいおい、それはダメだ。就職先が見つかったといっても、給料が出るまではヒイロさんから借りた金が必要になる。その分を返すまでは、俺は危険な仕事をしなきゃいけないんだ」

どんな危険な仕事をさせると思っているのでしょう？　とヒイロは聞いてみたくなったが、その前にミイが再び力強く首を横に振る。

「だから、ミイも行く！」

「ダメだ！」

睨み合う二人。

膠着状態に陥ったところへ、ニーアが助け舟を出す。

「いいんじゃない？　連れてっても」

「おいおい、ちっこいの……」

「ちっこいの言うな！」

呆れたように返した智也の頬に、能力値の上昇で威力も増した、ニーアちゃんキックが突き刺さる。智也は、椅子ごと後方に倒れ込み、頬を押さえながら慌てて起き上がった。

「いってぇなあ！　何すんだよ！　って、うわっ！　ＨＰが二割も削れたじゃねぇか！」

「おお、油断していたとはいえ、一撃で勇者の体力を二割も奪ったか。ニーアも強くなったな」

バーラットがしみじみと賞賛を送ると、ヒイロ、ネイ、レミーの三人も、湯呑みを持ちながら感慨深く（かんがいぶか）ウンウンと頷く。ニーアは腰に手を当てて、エヘンと胸を張った。

そんな五人の様子を見た智也は、心配そうに手を差し伸べてきたミイを押し退け（の）ながら立ち上がり、憤慨する。

「なんだってんだよ、あんたらは！」

「ぼくはこの前まで足手まといだったんだけど、この通り強くなってる。だから、新しく足手まといが増えても、問題ないって言ってるんだよ」

どうやらニーアの頭の中での序列は、上からヒイロ、バーラット、ネイ、ニーア、レミー、智也、ミイとなっているらしい。

勝ち誇るニーアを前にして、智也は諦めたように答えた。

「あーあ、分かりました！　分かりましたよ！　どうせ、俺はこの中じゃ下っ端（したっぱ）だ。認めますよ、俺に決定権は無いんだな」

「いえいえ、意見は言ってもらって構いませんよ」

「言ったって通らねぇじゃねぇか！」

ヒイロをジト目で睨む智也。だがヒイロはそれに笑みを返す。

「弱くても付いていきたい者の気持ちは、ニーアには痛いほど分かるんですよ。だから今回はミイちゃんに味方しただけです。ニーアの言う通り、我々で守ればいいじゃないですか。ミイちゃんだって身体能力の高い獣人ですし、自分の身を守れるくらいには、すぐに成長しますよ」

まだ渋り顔の智也。だがそれをミイがウルウルとした瞳で見上げると、彼は大きくため息をつきながら頭を掻いた。

「分かったよ。ただし、俺はもう野盗の頭じゃねぇ、親分と呼ぶのはやめろ」

智也から許可を貰いミイは目を輝かせるが、すぐに困り顔になった。今までの呼び名を禁止され、何と呼べばいいのか分からなくなったらしい。

そんなミイの耳元に顔を寄せ、ネイがいたずらっ子のような笑みを浮かべながら何かを囁く。

それを聞いたミイは、少し思案した後で智也を見上げた。

「智也……お兄ちゃん？」

「うっ！　ネイ、テメェ何吹き込んでやがる！」

あからさまに狼狽した智也が赤面しながらネイに食ってかかる。すると彼女は悪びれた様子も見せずに反論した。

「だって、私はミイちゃんからネイお姉ちゃんって呼ばれてるし、レミーは——」

「レミーお姉ちゃんですね」

アイコンタクトでバトンを渡されたレミーがすぐに返答する。

「ヒイロおじちゃん」

「バーラットおじちゃん」

「ニーアちゃん」

そしてヒイロ、バーラット、ニーアの三人もすぐさま、自分がミイから何と呼ばれているかを明かした。

そんな仲間達を見回した後で、ネイはしたり顔を智也へと向ける。

「ほら、そうなると、智也さんはお兄ちゃんが妥当じゃない」

「ぐっ……だけどな……」

なおも食い下がる智也に、ヒイロはズズッとお茶をすすった後で口を開く。

「何をそんなに狼狽えているんですか？　智也君はお兄ちゃんと呼ばれることに抵抗でも？」

「……俺は一人っ子だったし、こんなナリでガキから慕われたこともなかったから……」

「ふふ、そうですか。そういえばバーラットも、ミイちゃんから初めておじちゃん呼ばわりされた時は面食らってましたね」

「まあ、俺もガキから慕われる人相じゃねぇからな……って、今は俺のことはどうでもいいだろうが！」

少し恥ずかしそうに反論するバーラットをヒイロが宥めていると、その様子を見ていて毒気が抜かれてしまった智也の服の裾を、ミイがチョイチョイと引く。

「……何だよ」

「智也お兄ちゃん……でダメ？」

「ああ！　もう、それでいいよ」

投げやりに了承する智也。その様子に、ネイとレミーはクスクスと笑い、メルクス夫妻は微笑ましそうな目を向けていた。

と、和やかになった食後の食堂に、慌てた様子のノックが響く。

「入れ」

そのノックの音で、緊張した面持ちに切り替わったメルクスが入室を許可する。

ドアの向こうからは、切迫した雰囲気のメイドが一人現れて一礼した。

「失礼します」

「うむ、どうかしたか？」

「はい、旦那様——実は、大奥様がお越しになりました」

「なに？」

メルクスは怪訝な表情で聞き返す。

そんな彼の様子に、ヒイロ達の視線が一斉に集まった。

「大奥様、というと？」

「俺の、母だ」

ヒイロに端的に答えるメルクス。

何故、自分の母が訪ねてきただけでそんなに不思議がるのかヒイロが疑問に思っていると、メルクスはそれを察して話を続ける。

「母は俺に領主の座を渡した父とともに、高原地帯であるナスの別荘で隠居生活をしてる。こちらに様子見に来ることもあるが、それはいつも決まった時期なんだ。何故、連絡も寄こさずに突然やってきたんだ？」

「またお父様と、喧嘩でもなさったのかしら？」

クレアが首を傾げながらそんなことを言うと、メルクスはやはりそう思うか、とクレアを見る。

と、そこへ、入り口にいたメイドを下がらせながら、一人の女性が現れた。

青を基調としたローブは大人しめな印象ではあるが、所々に意匠を凝らした刺繍が施されている。そこから覗くのは、動きやすそうなズボンとシャツ。

金髪を綺麗に結った知的な顔立ちで、歳はヒイロやバーラットと同じくらいだろうか。

明らかに不機嫌そうなその女性は、部屋に入るなり、懐から取り出したハンカチで口元を覆った。

「メルクス、クレアさん。お久しぶりですね」

いきなり現れての挨拶に、クレアは臆することなく立ち上がって頭を下げ、同じく席を立ったメルクスは困惑顔をする。

「母上。また、父上と喧嘩ですか？」

先程、クレアとともに結論付けた理由を口にすると、不機嫌そうだったメルクスの母は更に眉間に皺を寄せた。

「何故、私が来るとあの人と喧嘩ということになるのです。そうではなくて、私は……と、その前にクレアさん」

「何でしょう？　お母様」

話を途中でやめてクレアへと視線を向けるメルクスの母。気の弱い者なら震え上がるほど険しいその視線に、クレアは動じることなく返事をする。

「なにやら、酷いものを朝食に出したそうですね。料理長が泣きついてきましたよ。この匂い、それが原因ですよね」

「あら、お母様。酷いものなんてとんでもない。お客様にも好評だったんですよ――半分の人には」

部屋の中に納豆の匂いが残っていたのだろう。口元をハンカチで覆ったまま、あからさまに顔をしかめる義母に、クレアは笑顔で答えた。最後の一言は聞こえないように喋ったが。

そんなクレアの返しで初めてヒイロ達の存在に気付いたのか、メルクスの母はヒイロ達へと視線を移す。

「こちらの方々は？」

「ああ、この者達は……」

言いながらメルクスはヒイロの隣へと歩いていく。そしてヒイロを立たせると、にこやかにその肩に手を置いた。

「俺の息子とその仲間達です」

「…………」

メルクスの母は、息子の紹介を受けて一同を見渡す。

その視線は、息子という単語を聞いていたため、男性陣に重点を置いて動いていった。

だがヒイロとバーラットは自分と同い年くらいで、一番若い智也ですらメルクスと大して違わない。

メルクスの言葉の意味を反芻するために、メルクスの母は口に当てていたハンカチをシャツの胸ポケットに仕舞うと、皺の寄った眉間をほぐすように指を当てる。

そうしてしばらく考えた後で、再び息子の姿を見ながら、ようやく口を開いた。

「ですから、息子とその仲間達ですって」

聞き間違いではなかったのだと分かり、メルクスの母は今度はこめかみに指を当てる。

「……誰が、貴方の息子なんですか？」

絞り出すように尋ねた母に、メルクスはニッコリとヒイロを指差してみせる。

「だから、こいつが俺の息子、ヒイロです」

言われてメルクスの母はまじまじとヒイロを見る。

そして、信じられないものを見るかのような目でメルクスへと視線を戻した。

「私と大して違わない歳に見えますけど？」

「そうですね。そういえばヒイロ、お前何歳になったっけ？」

「四十二です」

ヒイロの返答を聞いて、メルクスの母は大きくため息をついた。

「私より二つも年上じゃないですか。そんな方を養子にするなんて……メルクス、貴方は一体、何をしたいんですか？」

声を荒らげはしないものの、きつい口調で問いただす。

そんな彼女に、メルクスはフルフルと首を横に振った。

「養子？　違いますよ母上。ヒイロは俺の前世の息子です」

「前世の息子？　……貴方は昔から言動がおかしな子でしたが、今回は取り分け奇天烈なことを口にしましたね。しかし、そうですか……前世の……」

「信じるんですか？」

　納得しかかっているメルクスの母を意外に感じたヒイロが恐る恐る聞くと、彼女はヒイロを見ながら小さくため息をついた。

「この程度で取り乱していては、この子の母などやっていられませんでしたからね。私の肝も大分、太くなりました」

　苦労が窺えるメルクスの母の発言に、昨日その一端を味わったヒイロも苦笑して言う。

「思いついたことは即、口にする人ですもんね。もうちょっと順序よく話すということを覚えてほしいものですが」

「まったくです。周りが納得できるほど説明をした後で本題に入ればいいのに、いきなり結論を口にするから皆が混乱するのです」

「そんなの時間の無駄じゃないですか」

　説教じみてきた母の口調にも、メルクスは動じなかった。そうした彼の様子を見たヒイロとメルクスの母は揃ってため息をつく。

「時間の無駄って……結局、後から説明することになって同じ時間を使っているんじゃないですか？」

「そうです、ヒイロさんの言う通り。貴方は短絡すぎるんです」

「息ピッタリですね。さすがは祖母と孫」

言われてヒイロとメルクスの母は顔を見合わせる。

「年が半分くらいの両親だけでも許容し切れないのに、今度は年下の祖母ですか？　さすがにそれを認めるのは厳しいのですが……」

「分かりますよヒイロさん。前世の記憶があるのならば、それは情報くらいで留めておけばいいのに、この子達はそれを今の生活とごっちゃにするのです」

「あら、私もですか？　お母様」

意外そうにするクレアに、メルクスの母は頬を引きつらせる。

「お米や漬物はまあ、いいでしょう。でも、朝食に出したという腐った豆。あんな物、知っていたとしても、作ることまでしなくてもよかったんじゃないですか、クレアさん」

「いえ、お母様。知っているからこそ、無性に食べたくなるのです」

クレアの言葉に、聞きましたかとでも言うように、ヒイロへと視線を向けるメルクスの母。

しかし、納豆を喜んで食べた手前、素直に同意できないヒイロは言葉を濁すのだった。

「いや、まあ……納豆は置いとくとして、えっと……」

「キョウコ・ゼイ・ベーストです」

自己紹介がまだだったと、丁寧に頭を下げながら挨拶をするキョウコ。

「あっ、これはどうも。私はヒイロと申します……って、キョウコさん?」

そんな丁寧な対応に、慌てて頭を下げたヒイロだったが、耳慣れた響きの名前が引っかかりすっとんきょうな声を上げながら彼女を見た。

するとそんなヒイロの様子を見てメルクスが笑い声を上げる。

「はっはっはっ、びっくりするだろ。昨日言ったよな、俺の曾祖父にあたる人が勇者だったって。曾祖父が御存命だった時は、一族の名前は全てその人が付けていたらしい」

「えっ、ということは……」

「父上は入婿(いりむこ)で、母上がこの家の直系ってことだ」

ヒイロとメルクスの会話に、頬に手を当てながら困り顔のキョウコが参加する。

「この名前、やっぱりそちらの方で馴染みがある響きでしたか。こちらの世界には馴染まない名なのですけどね。父はリュウノスケでしたし」

「はっはっはっ、なかなかのセンスだろ。曾祖父はどのくらいの時代の人だったんだろうな。どうせなら、俺が生まれるまで生きててもらって、俺にもクラノスケみたいな名前を付けてもらいたかった」

時代劇好きだったためか楽しそうな父の姿に、ヒイロが苦笑いを浮かべていると、キョウコはふと思い立ったようにメルクスを見た。

「さっき、ヒイロさんを息子だと言いましたが、まさか、家督を譲るなんて言い出さないでしょうね」

「いやいや、さすがにそんなことはしませんよ。この世界での血の繋がりはありませんし、大体、年上に家を継がせては意味がないでしょう」

「そう、それが分かっているならいいんです。いきなり現れた者が新たな後継にでもなったら、一族の者達が混乱しますから」

「はっはっはっ、後継ならこれからどんどん作っていくつもりですよ」

「やだ、貴方ったら」

メルクスの発言にクレアがポッと頬を赤らめる。

両親の惚気にヒイロがげんなりしていることに気付いたキョウコは、そんな彼に話しかけた。

「ごめんなさいね。疲れるでしょう？　この子の相手は」

「いえ、私も二十年くらい付き合ってきた実績がありますから。まあ、久しぶりで勘が戻ってませんけど」

「そうなの。でもメルクスの息子だったヒイロさんがその歳でここにいるということは……」

「陛下から言われていた探し人なんですよ」

横合いから飛び込んできたメルクスの言葉に、キョウコはハッとなってそちらを見る。

「そうだったのね。私がここに来た理由がそれなんです。陛下がここに向かっているという情報が入ったから、貴方がまた何かやらかしたのかと思って」

「やらかしたなんて心外ですね……って、どうしたヒイロ？」

驚いているヒイロ達に気付き、メルクスは首を傾げた。

そんな父にヒイロは、目を見開いたまま答える。

「いや、何故王様がこちらに向かっているのかと」

「ああ、ヒイロがこの国に入ったという情報が陛下に届いたからじゃないかな」

アッサリと言うメルクスに、ヒイロは疲れ切ったように息を吐く。

「じゃあ、私に会うためにこの国の王様がこちらに向かってきているんですね」

「レミーの依頼主が陛下って聞いてたよな」

当然だろと返すメルクスに、ヒイロは「そうでした」と呻いた。

「なーに、陛下は気さくな人だからそんなに気負（きお）うことはない。俺が何か新しいことを始めると、必ず視察に来るようなフットワークの軽い人だ。まあ、王になったのは最近で、ここに頻繁（ひんぱん）に来てた頃はまだ王子という身分だったけどな」

「王子と王では立場的重みが違うじゃないですか」

「ああ、この国の王が何のためにヒイロを探していたのかも分からないしな」

バーラットが、不安を漏らすヒイロを煽るように言葉を付け加える。

ヒイロがより一層不安顔になると、キョウコが心配そうに声をかけた。

「ヒイロさん、なんかごめんなさいね」

「いえ……キョウコさんが謝ることではありませんよ」

「ええ、悪いのは全てあの子ですね」

「まあ、そうですね」

ヒイロとキョウコはそう結論付けて、そっとメルクスへと視線を向ける。

メルクスが心外だと言いたげに眉間に皺を寄せると、キョウコは再びヒイロへと話しかけた。

「一人で見知らぬ土地に来て不安でしょう。家族の方も心配なさってるでしょうし」

「いえ、私は独り身でしたし、両親も死んで……今はここにいますから」

ヒイロがチラリとメルクスとクレアに視線を向けると、キョウコは違う所が引っかかったらしく声のトーンを上げる。

「まあ！　その歳でまだ独身なんですか？」

「えっ、ええ、まあ……」

突然上がったキョウコのテンションに、ヒイロは気後れしてしまうが、彼女は気にせず更に詰め寄ってきた。

「いけませんわ。年を重ねればその分だけ子をなす確率は下がってしまいます！　子孫を残すのは人としての義務。早く結婚なさらないと」

生まれた時から貴族として生きてきたキョウコにとって、家を存続させるために跡取りを残すことは人生最大の指針であった。

そんな彼女にとって、四十代でまだ独身であるなどということは、ありえない事態だったのである。

「お相手はいらっしゃらないの？」

「ええ、まあ……」

「そうなの……誰か良い方がいれば……」

「ちょっと、おばさん！」

今までヒイロの頭の上で黙って聞いていたニーアが、押されっぱなしのヒイロの代わりに文句を言おうとした。

「いくら何でも親切の押し売りが過ぎるんじゃ……うぐっ！」

しかしながら、責任感からか、おばさん呼ばわりされたからか、それともその両方か。キョウコの気迫(きはく)のこもった一瞥(いちべつ)に気圧されて、黙り込んでしまう。

ニーアを黙らせたキョウコはすぐに視線を落として何やら考え込んでいたが、ふと思い出したかのようにヒイロへと向き直った。

「そうだ！　あの子がいたわ。私の一番下の妹なんだけど、二十八にもなって未だにフラフラしてる子でね……」

「二十八！　私のお相手にはちょっと若いです！」

「若くありません！」

自分よりも一回り以上若い女性を紹介しようとしているキョウコに、さすがにお相手が気の毒だとヒイロは断ろうとした。

しかし、キョウコの一喝でニーアに続き黙り込んでしまう。

「貴族の家に生まれていながら、三十にも届こうというのに独身なのですよ。もう、全然遅いのです！」

「……はい」

キョウコの気迫に、それ以外の選択肢はないと踏んで、小さく答えるヒイロ。

そんな彼の返事に気を良くして、キョウコは微笑んだ。

「というわけで一度、お会いになってみませんか？」

「…………」

「みませんか？」

「………………はい」

キョウコに圧倒されて、ヒイロは頷くしかない。

その頭の上では、「ヒイロが行き遅れの大叔母(おおおば)を押し付けられようとしている」と文句を言いながらも声を大きくできないニーアがむくれていた。

# 第11話　ウツミヤの街

翌日、ヒイロ達はウツミヤの街を歩いていた。

街に着いてすぐにメルクスの屋敷に直行したので、もっと見て回りたいというネイの要望に、ニーアや智也が乗り気になったためだ。

「ほう……こいつはアワモリというのか」

しかし今、最初は仕方なくといった感じで同行していた筈のバーラットが、酒屋の前で一番はしゃいでいた。

「バーラットさん……そろそろ」

素焼きの酒瓶(さかびん)をしげしげと見つめるバーラットの裾を引くレミー。その背後には、もう既に十本近い酒を買っている彼を、呆れ顔で見るネイ達がいた。

「そうか？　じゃ、親父。こいつもくれ」

「へい、まいど。銀貨六枚になりやす」

バーラットから代金を受け取って酒屋の主人はホクホク顔だ。そんな彼に手を振られながら、一行はやっとその場を離れる。

「一時期、酒好きのドワーフどもがこぞってこの国に来たと聞いていたんだが、なるほど確かに種類が豊富でいいな。コーリの街に入ってきていた酒は、ほんの一部だったんだな」

「メルクス様は暇さえあれば、こんな物は作れないだろうかと街の商人達に相談しますからね。お酒の種類も日に日に増えていくんです」

歩きながら、買った酒をマジックバッグに上機嫌で仕舞うバーラットに、レミーが苦笑いで答える。

そんな二人の前では、酒屋からやっと解放されたネイ達が楽しそうに店々を物色している。

だがヒイロだけは、バーラット達の背後をトボトボと歩いていた。

ヒイロの頭の上から、胡座をかいたニーアが、彼の額をコツリと叩く。

「ねえヒイロ、いつもならネイ達と一緒になってはしゃいでいるのに、今日はどうしたのさ?」

「ニーア……いやー、明後日にはお相手が来るというのが、気になってしまいまして……」

キョウコに押し切られて開催が決まってしまったお見合い。それがヒイロは気掛かりで仕方がなかった。

ヒイロには既に、結婚願望はない。元の世界でも、自分に取り柄が無いことを痛いほど知っていた彼は、率先して彼女を作るようなことはしてこなかった。

そこへ今回降って湧いたようなお見合いの話。ヒイロは、それをどう乗り越えようかと悩んでいたのである。

「なんだ、乗り気じゃないのか?」

背後を振り向くバーラットに、ヒイロは肩を竦める。

「結婚なんて元々、考えてもいませんからね。それにお相手の顔を知らないどころか、性格や名前すら聞くのを忘れてしまいましたから」

「名前……そういえば聞いてなかったな」

キョウコはヒイロを力押しで了承させると、相手を連れてくると言ってすぐに屋敷を発っていた。

バーラットは、顎に手を当てた後で思い出したようにヒイロを見る。

「メルクス卿に聞けばいいんじゃないか？　お相手はあの人の叔母にあたるんだから、面識くらいはあるだろ」

「聞きましたよ。ですが、『楽しみは、後に取っといた方が面白い……もとい、サプライズ感があっていいだろ』と言って教えてくれないんですよ」

絶対楽しんでいると思われるメルクスの反応に、ヒイロは苦虫を噛み潰したような表情を浮かべる。

「ふ～ん、教えないってことは、名前から素性が分かるほどの有名人ってことかな？　レミー、知ってる？」

「えっ！　あの、その、分かりません！」

ニーアから話を振られ、今まで明後日の方向を向きながらヒイロ達の話を聞かないようにしていたレミーは、明らかな動揺を見せた。

そんな彼女の態度に、ヒイロ達はジト目を向ける。

「知ってますよね」

「知ってるな」

「知ってるね」

「ほへ！　……あう……その、申し訳ありません。奥様から口止めされてましてて……」

体を小さくしながら正直に白状するレミーに、ヒイロは大きくため息をつく。

「母さんもそっち寄りですか。それじゃあレミーから無理に聞き出すのは酷ってものですね……酷ですからね、ニーア」

無理にでも聞き出そうと、頭の上で両手をニギニギさせながらレミーに迫ろうとしていたニーアに釘を刺すヒイロ。

そのニーアは頬をプクッと膨らませ、レミーはホッと安堵の息をもらす。

と、そこに、前の方から声がかかった。

「ねえ、ヒイロさん、見て見て」

興奮気味に一つの店を指差すネイに言われ、ヒイロ達はそちらへと視線を向ける。

そこには、ショーウィンドウにズラリと毛が並んだ店があった。

「なんだこりゃ！」

「えー！　何これ？」

驚くバーラット。ふてくされていたニーアも、ヒイロの頭の上から飛び立ち、ショーウィンドウの前で興味津々に髪の毛を眺めていた。

「……カツラですか？」

ニーアの後を追うようにショーウィンドウ前まで来たヒイロが、思い付いた商品名を口にすると、ネイと智也が頷く。

「ですよね」

「だよな」

「今までカツラなんて売っている店は見たことがありませんけど……まあ、あの人が関与してるんでしょうね」

疑問の途中で答えを出してしまったヒイロに、その頭の上に戻ってきたニーアが首を傾げる。

「あの人って、メルクス？　なんでこんな物を作らせたのさ？」

「寂しくなった頭を隠すためですよ」

「寂しく？　……ああ、ハゲてると座り心地悪そうだもんね。ヒイロもハゲたらかぶりなよ」

「別に、妖精を頭の上に乗せるために作ったわけではないと思いますよ」

自分の立場に置き換えて納得するニーアに、呆れつつ返すヒイロ。

そんな二人の会話を聞いて、他の面々がハゲたヒイロの頭の上で滑らないように踏ん張るニーアの姿を想像して笑みを零すと、それを察したヒイロはバーラットを見た。

「言っておきますけど、私よりもバーラットの方が先に必要になると思いますよ」

「なにぃ？　そんなわけあるか！」

ヒイロの言葉に反応してすぐに否定するバーラットだったが、ネイとレミーが思わず納得しながら頷いてしまう。

「そうね。バーラットさんて、なんか生え際が怪しいもん」

「ですよね。なんか、初めて会った時よりも後退してるような……ひぃ！　何でもありません！」

ネイに賛同しかけたレミーが、バーラットから睨まれてすぐに意見を引っ込める。バーラットは二人を黙らせてから、ため息混じりに口を開いた。

「たとえそうなったとしても、俺はこんなもんには頼らん。ハゲたらハゲたで、潔く全部剃っちまうわ」

今度はバーラットのハゲた姿を想像する一同。しかし、それで笑い出す者は一人としていなかった。

スキンヘッドのバーラット、そのあまりに厳つい姿に全員が顔を引きつらせたのだ。

「バーラットおじちゃん……怖い」

誰も言えなかった共通の感想を唯一口にしたミイに、さすがに小さな子供を威圧することもできずにバーラットは困り顔を作る。

「俺がスキンヘッドにしたら、そんなに怖いか?」

「ええ、ですからそうならないように努力してください。海藻が良いらしいですよ……根拠はありませんけど」

「根拠がねぇ提案をしてんじゃねえよ」

バーラットがヒイロを威嚇していると店の扉が開き、恰幅の良い店主が出てきた。

店の前で長々とたむろっているのだ、店に迷惑をかけたかと心配になり、ヒイロは反射的に頭を下げる。

「すみません、騒がしかったですか？」

「いえいえ、そんなことは。それよりも、何か気になる商品でも？」

笑顔で対応する店主に、いや、単品ではなく品揃え自体が気になるんだがと全員が思いつつも、代表してヒイロが当たり障りのない話を始めた。

「これは、薄くなった頭を隠すための道具でいいんですか？」

「ええ、よくお分かりになりましたね。カツラという道具です」

その命名で、やっぱりと納得したヒイロは話を続ける。

「もしかして、開発には領主様が？」

「ははは、珍しい物は全て領主様が発案なさってますからね。やっぱり分かりますか」

「ええ、まあ……」

ぎこちなく微笑むヒイロに、店主がにこやかに言葉を続ける。

「ですよね。私どもは、元々は毛皮の加工品などを扱っていた商人なのですが、ある日突然領主様がいらっしゃって。何でも、知り合いの男爵様が若いのに髪の毛が薄いと悩んでいらっしゃるとかで」

「ああ、それでカツラの開発を」

話の展開が読めたヒイロの相槌に、店主は仰々しく頷く。

「ええ、それ以来、私どもがカツラの販売を一手に引き受けさせていただいてます」

「それはもう！　大きな声では言えませんが特に貴族の方などに人気でして。品物的に誰とは言えませんけどね」

「ああ、貴族は見栄を張る奴が多いからな。ハゲてるよりも髪があった方が、社交の場じゃ見栄えがいいんだろう」

納得するバーラットに、店主は肯定はしないものの否定もしなかった。

ただただニコニコしながらバーラットの言葉を聞き流していたが、やおら店内へと手の平を差し向ける。

「よろしかったら、中も見ていかれますか？」

「え？　でも、見ての通り私達にはまだ必要としない道具ですけど？」

「ええ、分かっておりますとも。ただ、ここにこういう店があるということを記憶していただければ、私どもにも利はありますので」

「口コミによる宣伝効果を狙ってるわけか。侮れねぇな、ウツミヤ商人」

含み笑いをしながら納得する智也。

確かにこれほど珍しい店ならば話題に上る可能性は高い。それを見越しているのだろう、商品を買わない客に対しても丁寧に接する店主の強かさに舌を巻きながら、ヒイロ達は店内へと入っていった。

「へー、髪の長さも色も、色々あるんだ」

店内には長い三段の棚が五列あり、綺麗にカツラが並べられていた。その商品の種類の多さに、ニーアは飛び回りながらはしゃぐ。

「ああ、そちらはロングヘアドッグの毛を使用した一品になります。サラサラとしたきめ細かい毛が特徴で、人気があるんですよ」

一つ一つ丁寧に説明してくれる店主。ヒイロ達はそんな店主の説明を半分は聞き流しながら店内を見て回る。

そんな中、一際異彩を放つカツラを見て、ネイは足を止めた。

「これって、もしかして……」

半ば呆れたような口調の呟きに、皆が集まってくる。

「……これはカツラの意味があるのか？」

「ふざけすぎだろ」

それを見たバーラットと智也の呟きに全員が頷く。

そこに置かれていたのは、ハゲ頭のカツラだった。

しかし、完全なハゲではなく、下半分は薄っすらと毛が生えており、上半分の地肌の部分も頭頂部だけにひょろっと毛が生えている。明らかに何かを狙って作られた一品だ。

「ああ、そちらは領主様たっての希望で作った物でして、お買い上げの方にはメガネとつけ髭をプレゼントさせていただいているんですが……残念ながら今までお買い上げいただいたことはありません」

「でしょうね。ちなみにプレゼントするメガネとつけ髭というのは？」

ハゲを気にして買いに来るのに、ハゲヅラを買っていく者などいる筈がないだろう。そう思いながらヒイロが話を振ると、店主は奥にある会計用の机へと小走りで行って、引き出しから何かを取り出して戻ってきた。

「これです」

そう言いながら店主が差し出してきた物を見て、ヒイロ、ネイ、智也が揃って「やっぱり」と脱力感を覚えつつ項垂れる。

店主の手には、瓶底のような厚いレンズの丸眼鏡と、ちょび髭が載っていた。

「父さん……もとい、領主様の悪ふざけですね。どこのパーティーグッズですか……いや、もしかしてこれ、使えるでしょうか？」

「ちょっと、ヒイロさん……これで何をするつもり？」

ハゲヅラを見ながら何やら思案し始めたヒイロに、なんの冗談を始めるつもりだとネイが手の平を上下に振りながら尋ねる。しかし彼は真面目な表情のまま、顎に手を当てた。

「このセットを装着してお見合いに出れば……相手の方が呆れて帰ってくれるかも……」

ヒイロの真面目な呟きに、半笑いだったネイが固まる。

言葉が出なくなった彼女の代わりに、智也が呆れながら口を開いた。

「ヒイロさん……お見合いに乗り気じゃなかったのは知ってたが、さすがにこのヅラをかぶって出んのは、まずいだろ」

「相手は貴族の血筋の人間だ。ふざけたことをすれば問題がデカくなる可能性もある。くだらんことは考えるな」

真剣に考えだしたヒイロの襟首をバーラットがむんずと掴むと、そのまま店の外へと引きずっていく。

「ああっ！　せっかくの名案が！」

「何が名案だ！　そんなのは迷（まよ）っている方の、迷案って言うんだよ！」

「皆様、何卒当店の宣伝をお願いします」

頭を下げる店主に見送られながら、バーラットに一喝されてヒイロは店を後にするのだった。


その日の夜。メルクスの屋敷にある温泉に浸（つ）かりながら、バーラットは隣にいるヒイロの肩を叩く。

「ヒイロ、いつまで項垂れてやがる」

ヒイロはチラリとバーラットの方を見ると、再び項垂れた。

岩で囲った造りの温泉は、屋内にありながら外側の壁がガラス張りになっており、夜空に昇る大きな月が輝いて見える。

そんな見事な月が写った水面をじっと見るヒイロに、バーラットはため息をついた。

「何だよ、紹介された女に会うだけだろ。別に結婚しろって言ってるわけじゃないんだ、そんなに気負う必要はないだろ」

「そうは言いますけどね、キョウコさんにわざわざお膳立てをしていただいたのに、断ったら申し訳ないじゃないですか」

「はぁ～、お前は周りに気を配りすぎなんだよ。気に入ったら、いい。気に入らなかったら、嫌だ。それで済む話じゃねぇか」

風呂の縁に両腕をかけながら、バーラットは岩に背を預けるように後方に仰け反る。

その格好のままヒイロの次の言葉を待ったが、一向に返ってこないことに痺れを切らして再び話しかけた。

「大体よ、大前提として、相手がヒイロを気に入る可能性はほとんど無いんじゃないか？」

「ん……それもそうですね」

その可能性を考えていなかったのか、バーラットの言葉にヒイロはやっと顔を上げる。

「私が女性にモテるなんてことはないですものね。そうだそうだ、そんな根本的なことを忘れるなんて、うっかりしてました」

そう断言するヒイロの横顔を見ながら、バーラットはコーリの街のSランク冒険者であるリリィやホクトーリクの姫レクリアス、そしてニーアの顔などを思い浮かべていたが、あえて口には出さなかった。

そんなバーラットの気遣いをよそに、ヒイロの口調は陽気になっていく。

「いや～、知らない女性と会うって、免疫の無い私にはハードルが高かったんですよね」

「なんだよ結婚以前の問題かよ、情けねぇなぁ。そう思わねぇか、智也」

バーラットが、少し離れた場所で大人しく湯に浸かっていた智也に話を振る。すると智也はチロっとヒイロ達を見て、再び視線を外へと戻しながら口を開いた。

「まっ、ヒイロさんは完全な草食系だから、しゃーねーんじゃないですかね」

「草食系？　なんだそりゃ？」

「欲望に対してがっつかない男のことをそう呼ぶんすよ」

「ほう、なるほどな……」

バーラットが納得していると、ガラリと出入り口の扉が開き、全員がそちらの方に視線を向ける。

「皆さん、お揃いですね」

そこにいたのは、にこやかな笑みを浮かべたメルクスだった。

メルクスは素っ裸でタオルを肩に担ぎ、堂々と中に入ってくる。その姿を見て、ヒイロはガクッと肩を落とした。

「……父さん、前くらい隠してください」

「なんだ、ヒイロ。別にいいじゃないか、男しかいないんだから」

ヒイロの苦情を受け流しつつ、メルクスはタオルを頭に載せながらゆっくりと湯船に入る。

そして彼がおもむろに手を叩くと、扉から執事服をビシッと着たヤシチが現れ、手に持っていたお盆をメルクスへと差し出した。その上にはお銚子とお猪口が置かれている。

「おっ、いいですな」

お猪口が複数あるのに気付いて、バーラットが早速笑みを零すと、メルクスも微笑みながらお猪口を手渡す。

「昨日の晩は、ヒイロにしてやられましたから、今夜こそ負けられませんな」

言いながらバーラットに酌をするメルクス。バーラットも返杯しながら頷く。

「そうなんですよ。こいつ、いくら飲んでも酔いやしない。まったく、どうなってるんだか」

「知りませんよ。あっちにいた頃は普通に酔ってたんですけど、こっちに来てから全く酔わなくなったんですから」

する。

メルクスからの酌を受けつつ、謂れのない対抗心を二人から受けてヒイロは困惑顔を

迷惑そうなヒイロと楽しそうなメルクス、バーラット。三人は軽くお猪口を掲げて略式の乾杯の形をとると、そのまま一気に呷った。

そんな三人を見ながら、智也はまた長い夜をこの三人と付き合うことになるのかと、ため息をついた。

その頃、隣の湯では――

「ヒイロさん……あんまり乗り気じゃなかったよね」

岩に抱きつくようにもたれかかっていたネイの呟きに、隣に座るレミーと、湯を張った桶にボーと入っていたニーアが頷く。

広い浴槽であるが、三人は隅っこに固まって風呂に入っている。そのために無駄に広く見えるのだが、そこはミイがはしゃぎながら泳ぎ回って占拠していた。

「ヒイロさん、結婚したくないのかな？」

「どうでしょう？　メルクス様は、『この世界を楽しみつくす前に身を固めるつもりはないんじゃないかな。それ以前にあいつはヘタレだから、結婚って言葉に尻込みしてる可能性もあるけど』って笑いながら話していらっしゃいましたけど」

「楽しみつくす前に身を固めたくないか……それはちょっと分かるかな」

あえてヘタレの部分には触れないネイの言葉に、レミーは小首を傾げる。

「ネイは分かるんですね。私は、世界を楽しみつくすって意味がよく分からなかったんですけど」

「ああ、この世界に元々住んでる人には分からない感覚かも。私達からすればこっちでの生活って、どれも新鮮に感じるんだよね。だから、色んなところを見て回ってみたり、やれることを色々試したりしたくなるの」

レミーが「へー」と返すと同時に、今までのヒイロの奇行を思い出しながら、ニーアがクルリと回って桶の縁にもたれかかり、ネイを見る。

「それで、ヒイロはあんなことやこんなことをしてるの？」

するとネイはクスッと笑った。

「手から水を出したり、それを冷やしたり？」

初めてヒイロと野営した時のことを思い出して思わず笑ってしまったネイに、ニーアも釣られて笑う。

「それもだけど、他にも。若い冒険者の二人組を助けるためにゴブリンの群れに飛び込んだり、会って間もない人達のために死んでも死なないような魔物に立ち向かったり。妖魔の時は……二人もいたよね」

ヒイロが聞いていたら、ゴブリンの件はニーアが蹴り込んだんでしょう！　と反論しているだろう。しかしそれを知る由もないネイは、そんなこともあったのかと二人の付き合いの長さを羨ましく思った。

「それはヒイロさん特有だよね。ヒイロさん、困っている人を見過ごせないみたいだから」

「クレア様がそんなことを仰ってましたね」

レミーの相槌に頷きつつ、ネイは彼女の方に視線を送った。

「そういえばレミー……ヒイロさんの結婚ってどう思う？」

「えっ！　どうって？」

「いや、私はてっきりレミーはヒイロさんが気になってるんじゃないかなって思ってたんだけど」

ネイのカマ掛けに、レミーは勢いよくブンブンと首を横に振る。顔が赤いのは湯に浸かっているためか、それとも他に理由があるのか。

「いえいえ、私がヒイロさんを気にかけていたのは、監視対象だったからであって、そんな……つもりは……」

尻すぼみに言葉が小さくなっていくレミーに、ネイは『まっ、いいか』と苦笑いを浮かべながら、視線をニーアへと移す。

たけど」

「じゃあ、ニーアはどうなの？　ヒイロに女性が近付くと、あからさまに不機嫌になって

「あれはヒイロが嫌がってたからだけど」

「そう、なんだ。だったらヒイロさんが乗り気なら？」

思いがけないニーアの素っ気ない言葉に、ネイは意表を突かれながら続きを聞く。

「んー……ぼくとしてはヒイロが結婚しようがしまいが、一緒にいるつもりだけど。ぼくがヒイロと結婚できるわけじゃないし、それは認めるしかないんじゃないかな。まあ、結婚したら漏れなくぼくが付いてくるから、相手にとっては嫌なんじゃない？」

最後はおどけたように締めるニーアを健気に感じてしまい、ネイは「可愛い！」と桶を寄せてニーアに頬ずりをした。

「ちょ！　ネイ！　やめてよ！」

ネイの頬を突っぱねながらニーアは嫌がる。しかし、彼女はいつまでもニーアを可愛がるのだった。

# 第12話　お見合いへ

「う～ん、こんな感じにした方が……」

「ん……んん？　何？」

日が昇り明るくなり始めた寝室で、ニーアはベッド代わりのバスケットから上半身を起こす。

聞き慣れたヒイロの声。

その声で起こされたニーアは軽く両手を上げて伸びをすると、眠い目をこすりながら室内をキョロキョロと見渡す。

すると、鏡台の前で服装を気にするヒイロの姿が目に映った。

「……何してんのさ、ヒイロ」

いつもの背広姿の襟元をしきりに直しているヒイロに声をかけると、彼は申し訳なさそうに振り返った。

「おや、ニーア。起こしてしまいましたか？」

「うん、別に朝だから構わないけど……」

振り返ったヒイロの姿を見て、ニーアの言葉が止まる。そのまま、眠たげだったニーアの半眼は、疑惑のそれへと変わった。

「ほんとに何してんのさ、ヒイロ」

もう一度見直したニーアの目には、だらしなく背広を着崩(きくず)して寝癖(ねぐせ)もそのままのヒイロの姿が映っていた。

「いやー、お相手に嫌われる服の着方を考えていたんですけど」

「それなら、一昨日のハゲ頭の方がよっぽどインパクトがあったよ」

「ですよね。やっぱり今からでも買ってくるべきでしょうか？」

ニーアの冗談を真(ま)に受け、本気で悩み出すヒイロ。そんな彼にニーアは大きくため息をついた。

「なに？　一度は腹をくくったようなことを言ってて、本番を前にしたらまた不安になったの？」

今日はお見合い当日。本番を前にして足掻(あが)き始めたヒイロに呆れつつ、ニーアはネグリジェ姿で飛び立ち、乱れた襟元を直していく。

「バーラットにも言われてたでしょ。なるようになる！　ヒイロはいつも通りのヒイロで相手と会えばいいんだよ」

「そうは言っても、万が一ということもありますし……」

「そうなっても、ヒイロが気に入らなければ断ればいいじゃんか」

歯切れの悪いヒイロの服装を直し、「良し！」と満足げなニーア。ヒイロは申し訳なさそうに頭を掻きながら彼女を見た。

「でも、断るとなると気が重くて……」

「ヒイロがどうしても気に入らないっていうのなら、ぼくが代わりに断ってあげるよ」

「はは、それは心強いです」

期待はほんのわずか。心の大部分を占める不安を晴らすようにヒイロは笑みを作ると、

「それじゃ、先に行ってます」と部屋から出て行った。

「まったく……」

ヒイロを見送るとニーアは着替え始める。その顔は、乗り気じゃないヒイロを思い浮かべてニヤけていた。

「でも、ヒイロがハゲ頭で相手と会うのも面白かったかも……」

実はニーアも、ヒイロと同じく気が気ではなかった。

しかし、ヒイロの態度で少し調子を戻した彼女は、いつものいたずら心が首をもたげて、その光景を思い浮かべながら笑うのだった。

メルクスの屋敷の広大な庭の一角には、建物がある。

部屋が一つしかないその建物は、木造平屋建てで床は畳。玄関からこの部屋には襖の引き戸で入り、襖の反対側の壁は一面障子でできている。障子を開けると、板の間の廊下——縁側を挟んで庭を一望できた。

庭は青々とした草木が景観良く植えられていて、真ん中には池があり、鹿威しまで設置されている。

古き良き時代の日本家屋に似た外観。異世界をまるっきり無視したその建物で、畳の部屋の真ん中に置かれた長テーブルを前にして座布団に正座したヒイロは、隣に座るメルクスをジト目で見る。

「……よくもまあ、こんな建物を」

「俺じゃないよ」

「勇者だった曾祖父様が作ったんですって」

メルクスの隣に座るクレアの話を聞きヒイロが部屋を見渡すと、確かに部屋全体に若干の年季が入っていてノスタルジックな雰囲気を漂わせていた。

もっとも、そこにメルクスの貴族服とクレアのシックなドレスが相まって、和室にかなりの違和感を醸し出しているのだが。

「こんな部屋に入るなら、せめて和装にしてもらいたかったですね」

「いやー、着物や紋付袴も作れないことはないんだけど、アレってこの世界のドレスコードに引っかかるどころか、服装としての枠にすら入ってなくてな、着ていく場所がないんだよ。着てったら仮装だと思われるから」

実は昔、試そうとして前領主である父親から強めに止められた過去を持つメルクスが、笑いながら答える。

その反応に、試そうとしたことを察したヒイロは、それ以上の追及はしなかった。

「……それにしても、お相手の方はいつ来るのでしょうか？」

久しぶりの正座に痺れてきた足の裏を手でほぐしながらヒイロが聞くと、自分は胡座をかいているメルクスは顎に手を当てて、考える素振りを見せる。

「う〜ん、母上からの連絡では、そろそろの筈だけど。あの人を捕まえるのは難しいからなぁ」

「捕まえる？　お相手は何をやっている方なんです？」

「それは会ってから自分で聞けよ。趣味や仕事を聞くのはお見合いの基本だろ。なーに、うちのメイドを三人くらい派遣してるから、予定通りには連れてくるさ」

「ここのメイドさんを三人も……それで捕まえるのが難しいって……」

本番迫るこの時に少しずつ漏れ出てくる不穏な情報に、ヒイロは不安になるのだった。

一方その頃――

「まだ、来ないのかな?」

「うーん、昼頃に到着って話だったけど……こういう時に時計が無いって不便よね」

ニーアの呟きに、彼女を頭に乗せたネイが答える。

と、隣に座るレミーが聞き慣れない単語に釣られてネイの方に振り返った。

「時計? それって何です?」

「時間を刻む道具って感じかな」

ネイの言葉に、レミーが感心したように頷く。

「へー、でも、昼の刻を知らせる鐘はそろそろ鳴る筈ですから、もうすぐだと思いますよ」

「なんで、そんなことが分かるんだ?」

「毎日聞いているんですもの、感覚と太陽の位置で大体分かります」

ネイの背後にいる智也の疑問に、レミーは素っ気なく答える。

「どうでもいいが、早く来てくれんかな。狭くてかなわん」

「うん、ミイ暑い」

智也の隣にいるバーラットがでかい体を最大限に縮めながら困り顔を作ると、四人の真ん中でぎゅうぎゅうにされているミイが小さく悲鳴を上げた。

皆がいるのは、日本家屋の庭の、池を囲む茂みの中だった。

好奇心を抑え切れなかった面々は、そこに潜んでヒイロのお相手が来るのを待っているのだ。

と、不意に、レミーがハッと目を見開く。

彼女の【気配察知】に、目の前の建物に近付く数人の気配がハッキリと感じ取れた。

「来たみたいです」

レミーが緊張気味にそう告げると——

「ええ、連れてきましたよ」

バーラットと智也の更に背後からそう返ってくる。

ここには六人しかいない筈。驚いた一同が振り返ると、そこには疲れ切った顔のエリーがいた。

「エリー姉さん……驚くから【気配察知】を掻い潜って背後を取るのはやめてよ」

レミーの非難の声に「貴方が気付かないのが悪いんでしょ」と返すエリーは、いつもは綺麗に着ているメイド服を所々汚していた。

「エリー姉さん……そういえば最近見なかったけど、もしかして……」

「ええ、大奥様に連れられて、あの方をお迎えに行ってました」

「……結構大変だったみたいね」

姉の姿からその現場を想像したレミーの言葉に、エリーはため息混じりに頷く。

「大変なんてもんじゃなかったわ。三人がかりとはいえ、あの方を生け捕りにしろなんて、無茶もいいところよ。こちらが大奥様の使いだと知ってたから、あの方も殺す気はなかったみたいだけど、そうじゃなかったら誰かは死んでたわよ」

「……それでも、よく連れてこられたね」

「最後は大奥様の説得に折れてくれたからね。じゃなきゃ、こんな短時間では戻ってこられなかったわ」

「おいおい、ちょっと待てよ」

姉妹の会話を聞いていたバーラットが、頬をヒクつかせる。

「ここのメイド三人を使っての捕縛劇って、ヒイロの相手はどんな化け物なんだよ」

「それは、ご本人を見ていただければ分かるかと」

もったいつけるエリーに、それもそうだとバーラットは固唾を呑んで、正面へと向き直った。

「遅れてごめんなさいね」

言いながら部屋に入ってきたキョウコに、ヒイロは「いえいえ、こちらも今来たところですから」と社交辞令を返す。

キョウコはそんなヒイロに「そうですか、それは良かったです」と言い、メルクスの正面の席に座った。

それと同時に運ばれてきたお茶を一口飲み、一息入れてキョウコはヒイロを見据える。

「それでなんですけど、ヒイロさん。あの子を連れてきたのには連れてきたのだけど、見ても驚かないでくださいね」

「えっ！」

キョウコの言いように既に驚いてしまったヒイロに、彼女はコロコロと笑いながら続けた。

「ここに来ることだけは了承させたのだけど、その他のことは一切曲げなくて、仕方なくあの子の言い分を呑むことになったのよ」

「えっと……それは……」

一体、これから何が行われるのか不安になってくるヒイロをよそに、玄関の方からガチャリガチャリという金属音が聞こえてくる。

それが気になり不安そうに玄関へと続く襖を指差すヒイロを無視して、キョウコは口を開く。

「根はいい子なのよ。ただ、融通(ゆうずう)が利(き)かないというか、譲れないことがあるみたいで」

「……つまり、あの人は普通にヒイロと会うつもりはないってこと?」

横から口を挟んだメルクスをキョウコはキッと睨む。しかしメルクスは動じずに続ける。

「母上……そこまでしてあの人を連れてきたってことは、もしかして、ヒイロをどうしても一族に迎え入れたい腹積もりなんじゃない？」

メルクスの一言に、キョウコは反論を口にしなかった。

それで確信を得たメルクスは笑い声を上げる。

唯一、理由が分からないヒイロがメルクスとキョウコを交互に見ながらオロオロとしていると、メルクスは一通り笑った後で話しだす。

「勇者だった曾祖父の教育のせいかな。俺達のベースト家には変わり者が多いんだ。皆、貴族の肩書きに固執せず自由を尊ぶ。家督争いがよく起こる他の貴族からすれば考えられないよな」

「ええ、そうですとも。私が家を守るためにどれほど苦労したか」

観念したのか、キョウコは自身の口から話し始めた。

「私には上に二人の兄がいましたが、二人ともさっさと家を出てしまいました。仕方なく私が婿を取り家を守ったのですが、生まれてきたのは……」

言いながらキョウコは、メルクスを横目に見ながらため息をつく。

「お爺様に負けず劣らずの奔放さを持ったメルクス。旦那は、この子が優秀だと分かるとすぐに家督を渡して隠居するし、常識人だと思っていたクレアさんも、嫁いできたらメルクス寄りだし……」

愚痴るキョウコをよそに、メルクスは意地の悪い笑みを浮かべながら、困惑しているヒイロを見る。

「つまり、初見で常識人だと判断したヒイロを一族に入れることで、自分に肩入れしてくれる仲間を増やしたいのさ、母上は」

「ヒイロさん。どうか、あの子を懐柔してくださいね」

「どうだろうな。あの人は家を出る時に曾祖父の元の名字を継いだくらい、曾祖父の血を色濃く受け継いだ人だからな」

　懇願するように見つめてくるキョウコと、楽しそうなメルクス。クレアはどちらにも肩入れしない風を装いながら静かにお茶を飲んでいた。

　会う直前になってわけの分からない情報を明かされて混乱するヒイロをよそに、徐々に近付いてきていた金属音が止まり、襖が豪快に開かれた。

## 第13話　お相手は……

「失礼します」

　礼儀正しい声は、男か女か分からないほどにくぐもっていた。

それもその筈で、入ってきた相手はフルフェイスの兜を着用している。いや、兜だけではない。その体もフルプレートの鎧に包まれていた。

「えっと……テスリスさん？」

突然現れたその姿に、知り合いのコーリの街の冒険者の姿が重なり、思わずその名を口にしたヒイロ。だが、俯き加減だったその人物は、そんな呟きを無視して彼を指差す。

「貴方が私のお相手ですね。では、尋常に勝負です！」

「ええっ！　何故に？」

ヒイロはいきなり決闘を申し込まれ驚くが、フルプレートの人物は、そんなことも分からないのかといった口調で話を続ける。

「私の伴侶となることを望むのであれば、私よりも強くなければなりません。勝負するのは当たり前でしょう」

ヒイロは困惑しながらキョウコへと視線を向けた。すると彼女は、申し訳なさそうに顔の前で手を合わせる。

「御免なさいね、この子がどうしてもって言うから。ご迷惑だと思うけれども付き合ってあげてくれるかしら」

「ええ～……」

嫌そうな顔をするヒイロ。しかしふと、こんなことを言うのであれば相手もこの話に乗り気ではないのだと気付き、その表情を緩めた。

「分かりました。受けましょう」

この勝負に負ければいいのだと判断しヒイロが安請け合いすると、メルクス、クレアからは冷やかしの、キョウコからは期待の拍手が送られる。

「受けるか。その判断、いさぎよし」

フルプレートの人物がそう言いながら頷くと、兜が勢いよく下にズレた。どうやら鎧のサイズが合っていないようだ。

あたふたと兜の位置を直そうとしていた相手だったが、やがてその動きが止まる。

「ええい、わずらわしい！　重いし、視界はほとんど無いし、適当に買った鎧ではやっぱりダメですね」

言いながら、その人物は苛立ちに任せて兜を脱いだ。

パサリと落ちる黒く長い髪、涼やかで切れ長の目が特徴的な綺麗な顔立ち。

その顔を見て、ヒイロは思わず指を差しながら叫んだ。

「あーーー！」

「ん？　……えっ！　ヒイロ殿⁉」

叫ばれてヒイロを見た人物は、驚きに目を見開く。

その人物をヒイロは知っていた。

つい最近、剣を交えた相手なのだ、忘れられるわけがない。

「ヒビキさん?」

名前を呼ばれて返すヒイロに、SSSランク冒険者、ヒビキ・セトウチは小さく頷いた。

「おいおい、どうなってるんだよ」

ヒビキの姿を確認したバーラットが、茂みの中で動揺する。

見合い相手がフルプレート姿で現れた時も驚いたが、今はその比ではなかった。

「えっと……ですから、ヒビキ・セトウチ様です」

知っていたレミーが控えめに答えると、バーラットはそんなことは分かっていると更に詰め寄った。

「ベースト家と名字が違うじゃねぇか」

「ヒビキ様は、家を出る時に先々代であったお爺様の、元の名字を名乗ることを許されたそうですから」

「それって、勇者だった人のことだよね。名前も孫の代まではその人が付けていたっていうから……元の名字を貰った時点で、そりゃあ完璧な日本人の名前になるわけよね」

ヒビキの名前の秘密がやっと解消されて、清々しい表情を見せるネイ。その反面、バーラットはこめかみに指を当てる。

「おいおい、どこぞの貴族の箱入り娘がお相手だと思っていたら、冒険者の中でもトップクラスの人物だと……冗談も休み休み言ってくれ」

忍者という職業の者が闊歩するこの国で、下手なことは言えないと大人しくしていたバーラット。だが実は、ヒイロとこの国の貴族が結びつくことは避けたいと思っていた。だから、ヒイロの気持ちを尊重するような口振りで、さり気なく断る方法を彼に刷り込んでいたのだ。

これで乗り気ではないヒイロが断れば、そこで終わる話だとバーラットは思っていた。しかし、相手が一流冒険者のヒビキだと知って、思っていた以上にややこしくなりそうだと難しい顔になる。

そんなバーラットに、エリーが小首を傾げた。

「何をそんなに慌てることがあるのですか？」

「ああ、慌てたくもなるさ。この話が上手くいっちまうと、ホクトーリク王国としては面白くないからな」

「ああ、バーラットはやっぱりそんなことを考えていたんだ」

国同士の権益の話にヒイロが引き出されて白けたようにニーアが呟くと、ネイはハッとしながら口元に手を当てる。

「もしかしてメルクスさんは、それを見越してヒイロさんを屋敷に連れてくるよう指示したとか？」

　今回の話に関しては第三者であるように見えたメルクスが、そこまで画策（かくさく）していたんじゃないか。ネイはそう疑念を抱いたが、それを否定するかのようにエリーが静かに首を振る。

「いえ、それはありません。大奥様が来たのは本当に偶然ですし、旦那様は事の成り行きを楽しんでいただけです。それと、皆さんはご心配なさっているようですが、それは杞憂（きゆう）に終わると思いますよ」

「どうしてだ？」

「ヒビキ様が提示なされた、結婚相手の条件があるからです」

　バーラットの疑問に自信満々に答えるエリー。その自信に期待を込めながらバーラットが更に突っ込んだ質問をする。

「条件？　それはなんなんだ？」

「ヒビキ様より強い方であること、だそうです。キョウコ様は藁（わら）をも掴む思いでヒイロ様にご期待なさっているようですが、こんな条件を出されては、この世界のほぼ全員の殿方（とのがた）が条件から弾き出されてしまいます」

　自信に満ちて返答するエリーだったが、その話を聞いて全員が手を顔に当て「あー」と呻きながら天を仰いだ。

「あれ？　どうなさったんですか皆様がた？」

何故そんなリアクションを取るのか分からず、エリーが困惑して皆をキョロキョロと見渡すと、代表してレミーが答える。

「エリー姉さん。ヒイロさんはその『ほぼ全員の殿方』に含まれない人なんです」

「えっ！　えっと……それは……」

珍しく狼狽しているエリーに、今度はバーラットがジト目を向けた。

「ヒイロは既にヒビキに勝ってるんだよ」

「……それは、皆様と協力して、ではなくて？」

信じられないといった表情のエリーに、バーラットはため息をつきながら続ける。

「タイマンで完璧に、だ」

「……嘘でしょ？」

思わず素の口調で零しつつ、貴方からそんな報告は聞いてないとレミーを見るエリー。

実際のところレミーとしては、一族の者であるヒビキが、世間では一介の冒険者としか評価されていないヒイロに負けた、などという情報を流していいものかと逡巡してしまっただけだった。

しかしその時の心情など忘れて、彼女はバーラット達と一緒に肩を竦める。

「嘘ならよかったんだけどな。あんな化け物を嫁に貰うヒイロさんに同情するよ」

ヒビキにほとんど完敗してしまった智也。彼が心底同情するようにそう言うと、ネイが苦笑いで振り向く。

「でも、ヒイロさんはそれ以上の化け物だし、案外、釣り合いが取れてるのかも」

「いえ、まだそうなると決まったわけでは！」

「そうだ、ヒイロ本人は乗り気じゃねぇ。それに賭けるしかない！」

レミーの微かな希望を乗せた言葉に、バーラットも乗っかる。そんな必死な彼に、ネイは半眼になりながら視線を向けた。

「そんなにむきになるんなら、初めっからレクリアス姫をヒイロさんとくっつけちゃえばよかったのに」

「それとこれとは話が違う。それに、娘くらいの歳の子に言い寄られた時のヒイロの困惑は理解できるからな。あれは想像しただけで冷や汗が出る。相手になんて答えるべきか、分からなくなるんだよ」

自分にはそういう機会は無いだろうが、想像すると心底恐ろしいと思っているバーラット。それを聞き、一応はヒイロのことを思ってレクリアス姫の攻勢を防いでいたんだなと、ネイは小さく笑う。

それと同時に、バーラットもテスリスから今感じている恐怖を味わわされる瞬間が来るんじゃないのかな、とも考えていた。

思いもかけない仲間達の心情を聞けて、ネイはお見合いの成否にかかわらず少し楽しくなってきている。

ネイとしては、ヒイロさえ良ければ彼がヒビキと結ばれるのも別に構わないと思っていたからだ。

だが、会話に参加してこないニーアのことがふと気になる。頭の上にいるニーアの表情は見えず、今、彼女がどんな心境なのか心配になるのだった。

ヒビキは相手がヒイロだと知るといそいそと鎧を脱ぎ、いつもの着流し姿になる。

そして静かにキョウコの隣、ヒイロの正面へと座った。

「あら、ヒビキ。勝負はよろしいのですか？」

「ええ、姉様。それは既に決していますから」

ヒビキはキョウコに端的に答えると、ヒイロへと微笑を向ける。

「お久しぶりですね、ヒイロ殿」

「ええ、久しぶりというほど、時間は経ってないような気もしますが……それよりもその鎧は一体、何だったのですか？」

ヒイロがヒビキの背後、掛け軸が掛かった床の間に適当に置かれた鎧を指差す。

するとヒビキは、ヒイロの指に導かれるように背後をチラッと確認してから、すぐに向き直って口元に手を当て、わざとらしく笑った。

「いえ、どうやら人に言わせると私の外見は人並み以上らしいので、それでお相手に気に入られてはかなわないから隠してしまおうかと、急いで買い求めたのですが……」

「ははは、ヒビキさんは綺麗ですものね」

「あら、お上手ですこと」

話の流れで思わず口にしてしまったヒイロのおべっかに、満更でもなさそうなヒビキ。

元々、断ることが前提だったヒイロは『しまった』と思ったが、そんな二人の様子を満足げに見ていたキョウコが、嬉しそうに口を開く。

「始まりがごちゃごちゃしてしまいましたが、これからは滞りなく進められそうですね。では、自己紹介から始めましょうか。私はヒビキの姉、キョウコ・ゼイ・ベーストです」

形式に拘り、必要のない挨拶を始めるキョウコに乗って、次はメルクスが口を開く。

「私はメルクス・ゼイ・ベースト。ヒイロの父です」

「クレア・ゼイ・ベースト。ヒイロの母です」

「……えっ？」

メルクスとクレアの挨拶の内容に、ヒビキはメルクス達を指差しながら固まる。

その様子をキョウコは黙殺しようとしたが、さすがに聞き流すことができなかったヒビキが首を彼女の方へと向けた。

「えっと……姉様の息子とその伴侶の方ですよね。それがヒイロ殿の両親？　えっ？」

ヒビキはほとんど家には近付かないものの、メルクスの領主就任祝いや二人の結婚式には出席している。

困惑するヒビキだったが、キョウコはメルクス達を睨みつけながら、押し殺すように言った。

「メルクスのいつものやつです。あまり動揺するとこっちのペースを乱されますよ」

「え……ええ、分かりました」

メルクスは一族の中では、優秀さに加えて奇行っぷりも有名であった。

そのことを思い出したヒビキは、何とか気持ちを持ち直して笑みを浮かべつつヒイロへと向き直る。

「SSSランク冒険者、ヒビキ・セトウチです」

深々と頭を下げるキョウコ。ヒイロは釣られて頭を下げつつ、自分の自己紹介の肩書きを考え始めたのだが、そこに飛来する者があった。

「ちょっと待ったー！」

頭を上げたヒイロの頭上に仁王立ちする者。それは、茂みの中から飛び出したニーアであった。

「えっと……？」

突然の乱入にキョウコが固まっていると、ニーアは腰に手を当てながら胸を張る。

「ヒイロ所縁の者が出席するってのなら、ぼくを抜くのはお門違いだよ。ぼくはニーア、ヒイロの相棒だよ」

「かー！　ニーアの奴、やけに大人しいと思ってたら、いきなり飛び出していきやがった」

「黙っていられなくなったんだね。可愛いなぁ」

茂みの中で手で顔を覆うバーラットと、楽しそうなネイ。

ニーアが飛び出していったことで「私も行った方がいい？」と聞いてくるミイを智也が「やめとけ」と制する。

その一方でバーラットは、余計なことをと思いつつも、ニーアの介入で事態が好転するかもしれないと踏んで、何とか気持ちを持ち直した。

「どうせ出ていったのなら、うまく場を引っ掻き回してくれよ」

そう言って、期待のこもった視線をニーアへと向けるのだった。

# 第14話　北の森

「えっと……ニーア、何故に？」

「ヒイロの相手を吟味するなら、ぼくも一緒じゃないと意味ないじゃないか。ぼくはヒイロと一心同体なんだから」

そう言って威張るニーア。

彼女とて、元々はヒイロの決断を見守るつもりだった。

何故このタイミングで出てきてしまったのか、彼女自身確かな理由は分かっていない。

しかしニーアは妖精である。

妖精とは、利己的で享楽的で、本能のおもむくままに行動するもの。

その本能に従って飛び出してきてしまったニーアは、困惑顔のヒイロを無視してヒビキに視線を向ける。

「ヒイロと結婚するんなら、もれなくぼくも付いてくるんだけど、構わないよね」

ヒビキはキョトンとしていたが、ニーアからそう言われると強敵と対峙したかのように瞳に強い光を宿す。口元には、余裕のある笑みを浮かべていた。

実際、ヒビキはヒイロのことを認めてはいるが、まだ結婚相手として相応しいと考えているわけではなかった。

だが、こうもあからさまに挑発されては、引けなかったのである。

「ふむ、可愛らしいお姑さんですね」

「へー、随分と余裕じゃん」

「ええ、姉様を姑に持つクレアさんに比べれば、貴方のような可愛らしい姑は大歓迎です」

二人は火花を散らしながら見つめ合う一方で、その舌戦の中で引き合いに出されたキョウコが「何ですって！」と目を剥き、ヒイロはオロオロとする。

やっと落ち着きを見せたのにすぐさま混沌と化したお見合いの場を見て、メルクスとクレアは楽しそうにクスクスと笑った。

「まあまあ、皆さん落ち着いて。ヒイロとヒビキさんは知り合いだったみたいだし、ここで改めて話すこともあまりないでしょう。だったら、場所を移すというのはどうでしょう？」

「あら、良い提案ね。後は若い二人に任せてってところかしら」

メルクスの言葉にクレアが胸元で手を合わせながら賛同する。

ニーアを除けばこの場で一番若い二人から出された提案に、ヒイロとキョウコはこの状況で何故そんな話になる？　と思いながら二人を見た。

　ヒイロとキョウコにしてみれば、ニーアとヒビキの対立を収めるのが先決ではないのかと考えている。しかし――

「うん、その方がいいんじゃないかな」

「ですね、そうしましょう」

　まるで自分達のことを言われているかのように頷き合いながら、ニーアとヒビキが同意した。

「えっと……それはどういう……」

　場所を移すの意味合いがちょっと違うのではないか、と思ってしまったヒイロの呟きを無視すると、ヒビキは不意に庭の方に視線を向ける。

「皆様も一緒にどうですか？　妖精のお嬢さんと私。どっちがヒイロさんのパートナーとして相応しいか、立会人となってもらいたいのですが」

「うん、そうだね。ヒビキが本当にヒイロに相応しいか、皆も見定めなよ」

　二人から言われて、バーラット達がバツが悪そうに池の向こう側の茂みから立ち上がった。

　それを見たヒイロが、心底呆れたようにため息を零した。

「皆……何をやってるんですか。バーラットまで一緒になって……」

「いや、まあ、そのな……」

名指しでヒイロから非難されて、バーラットはしどろもどろになりながらネイを見る。

「こいつらがどうしても気になると言うんでな」

「えー、バーラットさんだって止めなかったじゃない」

バーラットはこいつらという言い方で、あえて言い出しっぺは誰かという部分を濁(にご)した。

しかし、その視線は明らかにネイに向いている。そのことに気付いて、ネイが口を尖(とが)らせた。

「エリーさんも一緒だったんですか」

次にヒイロが視線を向けたエリーは、腰の前で手を組んだ姿勢のまま頭を下げる。

「はい。私はヒビキ様が何か取り返しのつかないことをなさろうとしたら、それを未然に防ぐようにと大奥様から仰せつかりましたので」

取り返しのつかない事態とは、一体何を想定していたのだろうか。そうヒイロが苦笑する一方で、ニーアとヒビキの話し合いは進んでいたようで……

「では、移動先は北の森にしましょう」

「別にいいけど、そこの魔物ってどのくらいの強さなのさ?」

「稀(まれ)にランクAの目撃情報もありますが、冒険者ギルドの公式な情報ではランクBからランクDの魔物が主流ですね」

「へー、腕試しには手頃かな。ククク……」

「ええ、そうですね。フフフ……」

睨み合いながら不敵に笑うニーアとヒビキ。

そんな二人を見て、一体お見合いはどこに行ったのでしょう？　もう若い二人どころか、パーティごとの移動になってますし……などとツッコミがいくつも頭の中に浮かんでくるヒイロであった。


そうしてヒイロ達一行とヒビキ――エリーは仕事があるからと屋敷に残った――は、北の森へ移動してきた。

「サイクロンフレイム！」

円錐状に渦巻いた風に炎を纏わせた魔法が、灰色の金属鎧にも似た皮膚を持つ、サイのような魔物の横っ腹に当たる。燃え盛る円錐の先端が表皮を突き破ると、すぐにその全身へと炎が広がった。

ランクBの魔物――アーマードライナセラス。その皮膚は鉄よりも硬いため、接近戦を得意とする前衛職の冒険者には、苦手とする者が多い。

その魔物がたった一発の魔法で全身を炎に包まれ、悶え苦しみつつ崩れ落ちた。

「へへーん、どうだい？」

「やりますねニーアさん。ですが、私も負けてはいませんよ」

空気の澄んだ晴天の森の中。木漏れ日を浴びながら振り向いたニーアの視線の先で、ヒビキはアーマードライナセラス二頭の首を自慢の愛刀で切り落とす。

アーマードライナセラスの首回りは特に皮膚が厚い。だがヒビキはそれを、チーズを包丁で切るかのように、滑らかかつ迅速にやってのけていた。

「へー、やるじゃん」

「SSSランクの肩書きは伊達ではないので」

「いやいやいやいや、ちょっと待ってください」

不敵に笑い合いながら睨み合う二人。

そんな二人の一触即発の空気に、ヒイロが割って入った。

「出てすぐ殺るって、二人とも飛ばしすぎです。大体、ニーアの魔法、あれはなんなんですか？」

「へ？　この間、魔道書買ったじゃないか」

説明を求めるヒイロに、ニーアはキョトンとしながら返す。

確かにウツミヤの街に繰り出した折、ヒイロ達はカツラの店を出た後で他にも店を回っており、魔道書の店も訪れていた。

その時のヒイロは、いい考えだと思っていたカツラ案を却下されて落ち込んでいたため、ニーアが色々と魔道書を買っていたことに気付かなかった。しかし言われてみれば、確かに結構な額の支払いをした記憶だけはある。

その時に今の魔法を買ったのかと、ヒイロはバーラットに確認の視線を送る。

しかしバーラットは首を横に振った。

「今のは、風と炎の合成魔法だ。合成魔法の魔道書ってのは、古代の遺跡(いせき)やダンジョンから稀(まれ)に出る貴重な物なんだよ。そんなもん、街の店なんかに置いているわけがない」

それを聞いて、ヒイロは唖然としながらニーアへと視線を戻す。

すると、ニーアはあっけらかんとしながら答えた。

「でも、風魔法のサイクロンを覚えたら、勝手に今の魔法も浮かんできたけど？　魔道書のおまけじゃないの」

「おまけで合成魔法なんてとんでもねぇもんが付いてくるか！　ネイ、お前この間ニーアのステータスを確認してたよな、なんか思い当たるスキルがなかったか？」

殺気立った目でバーラットから視線を向けられ、慌ててネイが【森羅万象の理】で見たニーアのステータスを必死に思い出す。

「えっと……能力値の上昇と炎系の魔法ばかりに気を取られて、スキルまではあまり見てなかったけど……確か、【魔法合成】ってスキルがあったような……」

「それだよ！　一部の宮廷魔導師や、賢者(けんじゃ)と呼ばれるほどの魔導師がそんなスキルを持っていると聞いたことはあるが……」

「へー、そんなに立派な人が持ってるスキルをぼくも持ってるんだ」

簡単に喜ぶニーアに、バーラットはため息をつく。

「合成魔法なんて、そうそうお目にかかれるもんじゃねぇ。二人掛かりで息を合わせて魔法を合体させている冒険者もいないことはないが、本物の合成魔法を身につけた奴なんて、冒険者の中では何人いるか……」

「自力で魔道書を見つけた上位ランクの者ぐらいでしょうね」

続けたヒビキの言葉にバーラットが頷くと、レミーも顎に手を当てながら話に加わる。

「特に合成魔法の中でも炎と風の相性は抜群です。風は炎の勢いを増し、炎の熱もまた、風に勢いを与えますから」

レミーは忍者秘匿の魔道具、魔法玉を使うことで、自身もまた合成魔法もどきを使うことができる。バーラットは再び頷きながらニーアを見る。

「ってことで、合成魔法は人前では禁止な」

「えー！　せっかく、色々と覚えたのに！」

「今のだけじゃなかったのか！　本当にダメだぞ。合成魔法を使える妖精なんて、裏で人身売買をしてる奴らからしてみれば、多少の犠牲を覚悟してでも欲しい商品に見えるからな」

「うー……分かったよ。でも今はいいでしょ」

バーラットが自分を心配して言っていると分かって、渋々了承しながらも妥協案を提示してくるニーア。

渋面を作りながら、バーラットはヒビキへと視線を送った。

「私はそれほど、口が軽いつもりはありません」

バーラットの視線の意味を察してヒビキが言うと、ニーアが目を輝かせる。そんな彼女の期待に満ちた反応に、バーラットは渋面のまま頷くしかなかったのだった。

バーラットとニーアのやり取りを見ながら、ヒイロは公言しないと約束してくれたヒビキへと頭を下げる。

「申し訳ありません、ヒビキさん」

「いえ、とんでもありません。軽々しく他人の力を口にしないというのは、冒険者として当然の心構えですから」

ヒビキはヒイロの低姿勢に恐縮しながら答える。

「でも、ヒビキさんはやはり凄いですね」

ヒイロは首を切断された二頭の魔物を見る。

横たわる魔物の切り口は滑らかで、一切の乱れが無かった。その切り口から洗練された剣技を感じ取る。

「——私でも見れば分かります。凄まじい技量です」

「いえいえ、私などお爺様から受け継いだスキルが秀逸なだけですから」

「受け継いだ？」

「はい。私はお爺様が持っていたスキル、【修羅】を生まれつき持っていたので」

スキルの遺伝？ という考えが頭をよぎったヒイロの前で、ヒビキは話を続ける。

「【修羅】は筋力や敏捷度などの身体能力を十倍に高めてくれるスキルなんです」

「そんな情報を無闇矢鱈に口にしてよろしいんですか？」

あっさりと自分の強さの秘密を口にするヒビキにヒイロが驚くと、彼女は両手を腰の後ろに回し、少し前屈みになって顔をヒイロに近付けながらクスッと笑う。

「【修羅】は常時発動型のスキルなんですよ。ですから隠し立てもできませんし、防ぎようもありませんから構いません」

「そんな強力なスキルが、常時発動してるんですか……ヒビキさんの強さの秘密がよく分かりましたよ」

話を聞いていた他の面々が唖然とする中、ヒイロが感心していると彼女は更に笑みを深めた。

「そんな私に力で勝ったヒイロ殿に、そういう言われ方をされるとは心外ですね」

顔は笑っているが声は笑っていない。

「恐縮です」

そんなヒビキにヒイロが心の底から恐縮していると、ニーアが気軽に近寄ってくる。

「じゃ、次の獲物を探そうか」

「そうですね。今の魔物では物足りませんでしたし」

ランクBの魔物を倒しておいて全く疲労の色を見せず、互いに不敵な笑みを向け合うニーアとヒビキ。

一方のヒイロは、倒した魔物をマジックバッグ経由で時空間収納に仕舞い込みながら、このお見合いもどきはいつまで続くのでしょう、と思うのだった。

## 第15話　ランクAの魔物

右手の茂みから突如現れた黒い影を、ヒイロは反射的に鉄扇で叩き落とす。

確認すると、それは体長三十センチほどの、真っ黒なウサギであった。

もっとも、ウサギにしては前足の爪が異様に長く、鋭利に研ぎ澄まされていたが。

「……このウサギ、ギリギリまで【気配察知】に反応がありませんでしたけど？」

「どれどれ……って、こいつはアサシンラビットじゃねぇか……」

本当に間一髪だったヒイロが冷や汗を流しながら言うと、覗き込んで魔物を確認したバーラットが呻きながら頬を引きつらせた。

「……私も警戒に当たります」

レミーはニーアとヒビキのどちらにも肩入れできないので付いていくだけだったが、バーラットから魔物の名前を聞いてすぐさま自身の索敵能力を高める。

それほどにこの魔物は厄介であった。

ランクB――アサシンラビット。

単体での評価はゴブリンと同程度だ。

しかし、気配を消した状態からの奇襲は、並みの【気配察知】では対応できず、更に爪からは麻痺毒が分泌されていて、一撃食らえば戦闘不能になる。その危険性によりランクBに認定されていた。

「アサシンラビットですか。厄介な魔物ですね」

「まっ、ちっちゃくて空を飛べるぼくの敵ではないけどね」

ヒビキの発言を弱気と取ったニーアが勝ち誇る。

すると、ヒビキは不敵に笑い返した。

「その余裕が命取りにならないといいですね」

「ふん、そっちこそ気を付けなよ」

こんな状況下ですら、張り合うことをやめない二人。彼女達を眺めながらヒイロは何度目かのため息をつく。

「ニーアとヒビキさんの相性がこんなに悪いとは思いませんでしたね」

少し離れた最後尾でヒイロの呟きを聞いていた智也とネイは、呆れてかぶりを振った。

「誰のせいでそうなってるのか分かってねぇんだな、ヒイロさんは」

「ホント、鈍いにも加減ってものがあるよね」

分かっているのかいないのか、二人の間にいたミイがコクコクと頷く。二人がミイの仕草に癒されていると、レミーの切迫した声が聞こえた。

「二人とも！　背後から何か来ます！」

智也とネイはすぐさま武器を抜き背後を振り返る。間を置かず、木の陰から鋭い一撃が振り下ろされた。

「くっ！」

「危なっ！」

咄嗟にバックステップで躱す智也とネイ。ミイも二人とは別方向へ、間一髪で飛び退いた。

正体不明の一閃により、木は斜めに両断され、轟音とともに倒れていく。

辛うじて躱した三人だったが、智也は重量のある大剣を構えていたせいで、その場で体勢を崩した。

「ちょっと智也さん、大丈夫？」

「まずいかもしんねぇ」

ネイの呼びかけに剣先を地面に突いて体勢を戻そうとしていた智也は、魔物の姿を確認しながら苦笑いを浮かべる。

それは一見、馬のような体をしていた。しかしながら、足は六本で体色は緑色、更に本来は首があるはずの部分からは、カマキリの上半身が生えていた。

「なっ！　マーダーマンティスホースだと！」

体長二メートル半はあろうかというその魔物を見てバーラットが呻く。

「強そうですけど……」

「ああ、ランクAだよ。マーダー（殺人）の名を冠（かん）する通り、動く者には有無を言わさず兇刃（きょうじん）を振るうやばい奴だ」

ヒイロの問いかけに、バーラットが冷静に答える。その脅威を知り、加勢しようとヒイロが走り出すが――

「あうっ！」

側面の茂みから飛び出してきたアサシンラビットに対処を強い（し）られ、その足は止まってしまった。

「ヒイロさん！　近くの茂みには沢山のアサシンラビットが潜んでいます。迂闊に動けば狙われますよ」

「どうやら、アサシンラビットの狩場に足を踏み入れてしまったみたいですね」

レミーの警告に刀を構えながらヒビキも辺りを警戒する。

全員が動けない中、一人空中にいてアサシンラビットの攻撃範囲から外れているニーアが、マーダーマンティスホースに手の平を向けた。

「フレイムランス！」

ニーアが放った炎の槍が魔物へと向かうが、大きな鎌によりあっさりと霧散する。

「なにぃ！　生意気な！」

「マーダーマンティスホースの鎌には魔法耐性が備わってるんだ。正面から撃っても全て鎌で止められるぞ」

「ニーア、ネイと智也君が近くにいますから、強力すぎる魔法もダメですよ」

憤慨するニーアに、バーラットとヒイロから忠告が飛ぶ。

それならばとマーダーマンティスホースの背後に回ろうとしたニーアだったが、既に魔物は智也を標的に定めていた。

ニーアの援護のお陰で、なんとか体勢を立て直した智也だったが、横振りに迫る大鎌を大剣で受けると、そのまま吹き飛ばされて、木に背中を強かに打ち付ける。

「かはっ！」

智也は肺の空気を全て吐き出して呻く。だが気は失わなかったようで、フラフラしながらも大剣を杖代わりにしてその場に踏み留まった。

そんな彼に、マーダーマンティスホースが感情の見えない複眼を向ける。

「させるかぁ！」

智也に狙いを定めた魔物へと、ネイが雷を纏わせた水の刃を振るう。

しかしマーダーマンティスホースは、その図体からは想像できない素早さで刃を躱し、超速で智也に迫ろうとした。

「くっ！」

ネイは流れてしまった体勢を整え、超速移動のスキル【縮地】を使おうとしたのだが、それよりも早く魔物と智也の間に割って入る者がいた。

「ミイ！」

短刀を構える少女の後ろ姿を見て、智也が叫ぶ。

マーダーマンティスホースはミイに狙いを変え、大鎌を振り上げていた。

「何やってんだお前は！　避けろ！」

智也が放った言葉に、ミイは素早く反応する。

振り下ろされた大鎌の切っ先は、ミイではなく地面を捉えた。鎌が直撃する寸前、一瞬にして十メートルほど離れた位置に飛び退いたのだ。

この場にいるほとんどの者がミイの動きを捉えられず、ヒビキですら、影が横に飛んだように見えただけだった。

唯一しっかりと見えていたのはヒイロである。彼は【超越者】を80パーセントにして、光燐扇を巨大化させ、最悪の場合はミイを巻き込んででも吹き飛ばすつもりで構えていたのだ。

当のミイも、自分が何をしたのか分かっておらず、目をクリクリさせていた。

そして彼女は木の根元にいる智也を見つけると、慌ててマーダーマンティスホースへと駆け出した。

「来るなミイ！　そのまま逃げろ！」

何故彼女が一瞬にしてそんなところまで移動したのかは分からなかったが、そんなことを考えている場合ではない。

ミイが言うことを聞かずに突っ込んでくるのを見て、智也はマーダーマンティスホースの気を引こうと剣を構えた。

「くそっ！　ほら、こっちだ！」

虚勢（きょせい）を張りながら、智也は敵に斬りかかる。

だがその一撃は、大鎌にあっさりと挟まれた。

そのまま大鎌を振り上げるマーダーマンティスホース。身体ごと引きずられそうになった智也は、やむなく大剣を手放す。

そこへ、ミイがマーダーマンティスホースの馬部分の背へ飛び乗り、更にそこを足場にして後頭部へと飛びついた。そしてそのまま持っていた短刀を振り上げると、顔の大部分を占める複眼に切っ先を突き立てる。

ところが複眼はそれなりに硬いらしく、非力（ひりき）なミイの攻撃は簡単に弾かれてしまった。

ミイはそれでも諦めずに何度も短刀を振り下ろす。魔物はそんな彼女の行動は問題ないと判断したのか、無視して智也に向かって大鎌を振り上げる。

大剣を手放してしまった智也は、懸命（けんめい）に自分を守ろうとするミイを見つめた。

振り下ろされる大鎌。光燐扇を使おうと再び振り上げるヒイロ。背後から援護のために【縮地】で駆けつけようとするネイ。

そんな最中（さなか）、智也は叫ぶ。

「そこまで頑張ったなら殺（や）っちまえ、ミイ！」

「たーーー！」

智也の叫びに、ミイが応えた。

ミイは気合い（きあ）の声とともに、突如として溢れ出した力を両手に込め、短刀を振り下ろす。

その短刀は、今まで全く歯が立たなかった複眼に深々と突き刺さった。

凄まじい痛みが走り、マーダーマンティスホースは首を振り暴れ始める。

ミイは振り落とされまいと、必死に短刀の柄を握り締めながら堪えていた。

魔物は大鎌で自身の頭上の敵を斬りつけようとするが、ネイが【縮地】で移動してミイを抱きかかえ、間一髪、横っ跳びに魔物の背から脱出する。

「ネイ、助かった」

「構わないわ。でも、迂闊に近付けなくなっちゃったね」

智也の感謝に答えるネイの視線の先では、マーダーマンティスホースが無茶苦茶に大鎌を振り回して暴れていた。

その場から離れる智也と、ミイを抱きかかえたネイのもとへ、ニーアが合流する。

「皆、何やってるのさ？」

「何って、こいつをどうするか、考えてたんだけど……」

「ふーん、だったらぼくがやらせてもらうよ」

ネイが【雷帝】を使おうかと考えてミイを下ろすと、その前にニーアが呪文を唱え始めた。

その様子を眺めていたヒイロがレミーに問いかける。

「ウサギさんはどちらの方角にいますか？」

「西側……右手方向です」

「分かりました——光龍の息吹！」

ヒイロは、二度不発に終わった光燐扇を右手の方向に振るう。

発生した暴風によって、茂みの草とともに多数のアサシンラビットが吹き飛ばされた。

「初めっからこうすればよかったんです」

更に光燐扇にウインドの魔法をかけて、ヒイロは左手方向にも暴風を撒き散らす。

「これで、厄介なウサギさんはあらかたいなくなった筈です。バーラット、若い方だけに無茶はさせられません。行きますよ」

「ああ、あいつらの戦いを見てるだけってのは、ヤキモキするからな」

ヒイロとバーラットが走り出した。

その後にレミーとともに続きながら、ヒビキは苦笑いする。

「普通、アサシンラビットの狩場に足を踏み入れたら、Aランクの冒険者パーティでも全員無傷で脱出できる確率は高くないいんですけどね」

ヒビキの呆れたような物言いに、レミーはクスリと笑う。

「ヒイロさんならこの程度のピンチ、力業（ちからわざ）でどうにでもなります」

「あれでCランクでしたっけ？　ホクトーリクの冒険者ギルドは一体、何を考えているんでしょうか？」

「ヒイロさん、冒険者ギルドはコーリの街しか行ってませんから。あそこのギルドマスターは、ヒイロさんの存在を隠そうとしている素振りもありましたしね」

「ふむ……冒険者ギルドは国境を越えて繋がっていますから、他国にヒイロ殿の存在を知られたくなかったとか？　国からそのような要請でもあったのでしょうか？」

考え込むヒビキに、レミーは国というよりバーラットさんの独断じゃないかな、と思っていた。

「いいんじゃないでしょうか。ご本人がランクにはこだわっていないみたいですし、そもそもヒイロさんは、冒険者という枠に収まる人でもないでしょう」

「確かに。ヒイロ殿は勇者や英雄といった、歴史に名を残すタイプかもしれませんね」

瘴気の中での妖魔との戦いや、セントールでの魔族との戦い。なるほど、吟遊詩人が歌を作るのに困らないことを、彼は随分とやっている。

そんなことを考えながら、レミーはヒビキとともに、偉人になるかもしれない男の背中を見つめるのだった。


「サーマルブレードフレア！」

ニーアが魔法を発動すると、直径一メートルほどの火球がマーダーマンティスホースの前に出現する。

魔物は大鎌を振り上げてその火球を斬り裂こうとしたのだが、その前に火球の周囲に上昇気流が発生した。

火球の熱が発生させた強烈な上昇気流に身体を持っていかれるのを、マーダーマンティスホースは堪えている。するとその身体を、風の刃が斬りつけ始めた。

上昇気流の中に無数の風の刃を発生させる。それがニーアの合成魔法、サーマルブレードフレアであった。

「どうだ！」

魔法の効果が終了するとニーアは勝ち誇るが、魔物の体表に浅い傷が無数に付いただけだ。

それを見てニーアは「あちゃー」と顔を手の平で覆う。

「どんだけ硬いのさ！」

「身体が硬くても、これなら！」

憤るニーアの脇を抜け、ネイが水の剣を振り上げる。

そのまま振り下ろされた刃はマーダーマンティスホースの背中に当たったが、体表を斬り裂くには至らない。

「確かに硬いみたいね。でも！」

ネイは刃を水に変え、マーダーマンティスホースの身体を濡らすと、手の平を向けて雷を放った。

雷が、魔物の全身を駆け巡る。

マーダーマンティスホースは全身を小刻みに震わせて感電していたが、その震えが止まった後も倒れることはなかった。

「雷自体は効いてるみたいだけ……ど！」

どれほどダメージを与えられたか観察していたネイを目がけて、今も全身からプスプスと煙を上げるマーダーマンティスホースが大鎌を振り下ろし、彼女は慌てて背後に飛び退く。

「まだまだ、元気みたいだね」

「まったく、ね。これだったら、ミイちゃんの攻撃の方が有効じゃないかな」

ニーアに軽口を返しながらも、ネイは頬を引きつらせていた。

マーダーマンティスホースは外見的には昆虫と動物半々の容姿。だとすれば、体の構造はどうなのだろうかとネイは考える。

(動物なら痛みで動きも鈍るかもしれないけど、昆虫なら……確か、痛覚の有無は分かってなかったんだっけ。あったとしても人よりは鈍いのかな？　だとすると、雷で動きが鈍ることもないから、私の攻撃はあまり有効じゃないかもしれないな)

困ったことになったと思いながらも、ネイは口角を上げて剣を構え直し、大きく息を吸った。

スキルがダメならば、剣に――いや、剣に宿っている独眼龍の力に頼る。それがネイの出した答えだった。

あまり試していないので、上手くコントロールできるか分からない。そう緊張はしつつも、初めて実戦で使う高揚感（こうようかん）でネイの心は高ぶった。

しかし――

「ていっ！」

マーダーマンティスホースの背後からあまりにも気の抜けた声が聞こえて、ネイは力が抜けてしまった。

目の前のマーダーマンティスホースは、その声と同時にあらぬ方向へ吹っ飛んでいった。ネイは、剣を構えたままそれを目で追う。

「あーあ、ヒイロの心配性が出ちゃったみたいだね。これじゃあ、ぼく達の出番は無くなるかな？」

「……そうね」

相槌を打ちながらネイが視線を戻すと、フルスイングした鉄扇を肩に担ぎ、一息つくヒイロの姿があった。

「大丈夫でしたか？」

「「……」」

「うん！」

「助かったぜ」

ヒイロの問いかけに、まだやる気だったニーアとネイは無言で頷くが、本当にありがたかったミイと智也は元気よく答える。

その姿を確認して笑顔で頷いたヒイロは、再び鉄扇を構えながら、自分が吹き飛ばした魔物を目で追う。そこでは、ヒビキがまだ元気に動くマーダーマンティスホースと鍔迫り合いをしていた。

「結構本気で叩いたんですが、それでもあんなに元気なんですか……」

今までの魔物なら確実に倒せているほどの攻撃だったのだが、まだ致命傷を負っていないようだと分かり、ヒイロは目を丸くする。

「さすがはランクAの魔物です」

「へー、あいつってランクAだったんだ」

「そのくらいのランクになると、私達でもこんなに手こずるんだね」

ヒイロから聞いて、初めて知ったニーアとネイが感心したように頷く。

しかし、その会話を聞いていたヒビキが、鍔迫り合いをしながらかぶりを振った。

「いえ、さすがに頑丈すぎです。前に同じ種と戦ったことがありますが、その時は大鎌ごと一閃できましたから」

「すると、この魔物は特異種ということですか？」

「かもしれません……っと！」

ヒビキはギリギリと力押しでは勝っていたが、敵の大鎌は二本。鍔迫り合いをしていないもう一方の大鎌を振り上げたのを見て、その場から飛び退く。

ヒビキが離れると、マーダーマンティスホースは初めに獲物と見定めていた智也とミイへと狙いを戻した。

それを見て、ヒビキの背後でフォローするために銀槍を構えていたバーラットの表情が険しくなる。

「やらせるかよ！」

弱い者から片付けて敵の数を減らすのは理にかなった戦略である。そう分かってはいても、バーラットは年端もいかないミイを狙う魔物を許せなかった。

そして彼は敵に集中するあまり気付いていなかったが、その手に持つ銀槍が、彼の怒りに呼応するように仄かに輝いていた。

バーラットはヒビキに代わって飛び出し、その銀槍でマーダーマンティスホースを力の限りに突く。

ミイ達の方を向いていたマーダーマンティスホースだったが、その複眼の視野の広さを生かし、即座に反応して大鎌を盾にした。

ぶつかり合う大鎌と銀槍。

この場にいた誰もが、ヒビキの業物(わざもの)ですら斬れない大鎌にバーラットの槍が弾かれると思った。だが――

ザシュッ！

軽い音とともに、バーラットの銀槍はマーダーマンティスホースを貫く。

いや、貫くという表現はおかしい。バーラットが突いた銀槍は、大鎌に直径五十センチほどの大穴を開けていたのだ。

それだけではない。大鎌の後ろにあった、マーダーマンティスホースの細い胴体――馬の下半身と虫の上半身の付け根まで、消失したかのように抉(えぐ)られている。

やがて魔物は、上半身と下半身をバラバラにしながらその場に崩れ落ちた。

突然の決着に唖然とする一同。しかし、一番驚いていたのは、決着をつけた当人であるバーラットだった。

「えっと……もしかして、槍が目覚(めざ)めた？」

バーラットは槍を突き出した体勢で固まっていたが、絞り出すように呟いたネイの言葉を聞いて、銀槍を見る。

「……独眼龍の爺さんが『起こす』と言っていたが、このことなのか？」

語りかけてみるが、銀槍が答えるわけがない。

バーラットは試しに近くの木に軽く槍を刺してみる。しかし今度は普通に穂先が幹に刺さるだけで、何の反応も示さなかった。

（……俺の怒りに反応したのか、それとも仲間を助けたいという気持ちに反応したのか……ああ、もうっ！　分からん）

不可思議な現象の原因を探るも回答が出ず、頭をガシガシと掻くバーラット。

そんな彼を尻目に、マーダーマンティスホースの上半身と下半身はまだ微かに動いていたが、その動きは徐々に緩慢になっていった。

その様を見ていたヒビキが、ふとミイを見る。

「そういえば、そこの少女もまた、不思議な動きをしてましたね。私の目でも捉えられない動きと、ランクAの魔物にダメージを与える一撃。その歳で何故、あれほどの動きができたのか不思議です」

全員の視線がミイへと集まった。

ミイは注目を浴びて恥ずかしそうに智也の背中に隠れる。

そしてそのことに関してはおおよその予測がついていたネイが口を開いた。

「多分、智也さんの【テイマー】がミイちゃんに影響を与えたんじゃないかな」

「はあ？　ミイは人間だぞ？」

「そうだけど、獣人ってことは半分は獣でしょ。信頼関係を築いた獣や魔物に〝命令〟することで、力を引き出す。それが【テイマー】の能力じゃないかな」

ネイがそう説明すると、半信半疑だった智也とミイは互いに顔を見合わせ、ヒビキは納得したように頷いた。

「なるほど、そこの野盗は【テイマー】持ちでしたか。しかし、パートナーに獣人を選ぶとは、変わった方ですね」

「もう、野盗じゃねえよ」

「それは失礼しました」

素直に謝るヒビキに拍子抜けした様子で、智也はミイを見下ろす。

自分のスキルのお陰でミイが危険から逃れられたのは素直に嬉しい。

だが同時に、戦う力を与えられると分かり、ミイは新たな危険に晒されることになったのではないかと、智也は複雑な表情をしていた。

そんな智也の心情を知ってか知らずか、ミイは彼を守れたことを誇るように満面の笑みを浮かべるのだった。

そして。

レミーは、皆と離れたところにいたが、その表情が一瞬で険しくなる。

「……どちら様でしょうか？」

「――がお呼びです」

レミーが誰にも聞き取れないような小さな声で呟くと、同じく小さく短い答えが、背後から返ってくる。

それで全てを察したレミーは、静かに頷くのだった。

## 閑話（かんわ）　その頃魔族達は

「おや？」

ヒイロ達から少し離れた森の中。その男は小さく驚嘆（きょうたん）の声を上げた。

彼がいるのは小さな小屋のような場所。とはいっても木で組まれた骨組みに葉っぱを載せた屋根に、足元には安物の絨毯（じゅうたん）を敷（し）いただけの、簡素（かんそ）なものだった。

かなり貧相（ひんそう）な外見ではあるが、見つかりにくくなる幻覚の魔法を使用しており、機密性（きみつせい）は万全であった。

屋外（おくがい）とあまり変わらない、部屋とすら言えないそんな所に、彼を含めて男女二人ずつ、計四人の人影が身を寄せていた。

高価そうなドレスを纏った少女に、黒いゴスロリ服の少女。そして先程声を上げた、モノクルを右目に付けた青年と、タキシードを着込んだ三十代半ばほどに見える男性。

およそ、こんな所で野宿をするようには見えない面子なのだが、当人達は気にしていない様子である。

「どうしたのだ？」

突然驚きの声を上げた青年に、ゴスロリの少女が訊ねる。すると青年は苦笑いを浮かべながら口を開いた。

「護衛用に強化していた魔物が倒されてしまいました」

「護衛用の魔物？　ああ、あのマーダーマンティスホースですか？」

タキシードの男性が口髭を指で弄りながら魔物の名を口にすると、青年は静かに頷く。

すると、ゴスロリの少女が興味を失ってそっぽを向いた。

「あの魔物か……別に構わないではないか。こちらの命令をまともに聞かなかったのだから」

「確かに知能が低くて、殺戮本能を優先させる魔物でしたが、それでもかなりの強化を施していたんですよ。特に、肉体強度を限界まで引き上げていたのに、それを倒せる者が近くにいるとなると……」

「……まさか、勇者どもか！」

失いかけていた興味を取り戻したゴスロリ少女が、怒気のこもった声を上げる。

その声に怯えた高価そうなドレスの少女を背に庇いながら、タキシードの男性が非難めいた視線を彼女に向けた。

「少々、声が大きいですよ」

「むっ！　すまん」

ゴスロリ少女は素直に謝り、浮かせていた腰を下ろす。

そんな彼女に、青年は右目にかけたモノクルを指で上げながら肩を竦める。

「勇者達の動向は今も探り続けています。我々を退けた後、一旦南に行きましたが、また戻ってきたようです。今はまだ、シコクの近くにいる筈ですよ」

「では、魔物を倒したという連中は何者なのだ？」

「それが分からないから不気味なんじゃないですか」

困っていても笑顔を絶やさない青年の言葉を受けて、ゴスロリ少女とタキシードの男性が揃ってため息をついた。

「では、私が確認してきましょう」

そう言ってタキシードの男性が立ち上がると、ゴスロリ少女と青年は無言で頷く。

――その後、血相を変えて帰ってきた男性の報告を聞き、青年は歓喜し、ゴスロリ少女は顔を蒼白にすることになるのだった。

# 第16話　ヒイロの決断

森でマーダーマンティスホースを倒した後、ヒイロ達は帰路についた。

その道中、ヒビキが、自分はまだまだだと反省の言葉を口にすると、ニーアも「ぼくも倒せなかったからあれも引き分けだね」と返し二人は意気投合した。互いに今回の戦闘での活躍を褒め合っており、当初の確執など忘れて、和やかな空気が流れ始めていた。

ヒイロは二人のそんな様子を微笑ましく見ながら先頭を歩いていたが、ウツミヤの街に入った時にふと、レミーがいないことに気付いた。

「姿が見えませんが、レミーはどうしたんですか？」

「レミーなら、なんか用事があるとかで、森を出た所で別れたけど」

レミーの去り際に話をしたというネイが答える。

「そうなんですか？　一人で一体どこに……」

「ここはレミーの故郷だ。実家にでも顔を出しているんじゃないか」

単独行動を取るレミーを心配するヒイロを見て、バーラットが半ば呆れ顔で嘆息した。

　そして、ヒイロの頭の上に座るニーアも頷く。

「そうそう。レミーは実家に帰りたがらなかった薄情者のバーラットと違って、家族に顔を見せに行ったんだよ」

「おい、ニーア。言っとくがあそこは俺の実家じゃないからな。俺の実家はあくまでコーリの街。そこを間違えるな」

　バーラットがニーアに訂正を求める。父であるホクトーリクの国王や、兄である王太子とは確かに顔を合わせたくなかったので、そこには触れなかった。

　そんなバーラットに、ニーアは「えー」とあからさまに難色を示した。

「だって、お父さんやお兄さんが住んでるんだもん。バーラットの実家って――」

「わーーー！　名前を出すんじゃない！」

　ヒビキや智也達はバーラットの出自を知らないのだ。バーラットが慌てて大声を出してニーアのセリフをかき消す。

　そんなバーラットの珍しく慌てた様子に、ヒビキ、智也、ミイの三人がキョトンとし、ヒイロとネイは笑いを堪える。

「いきなり大声を出してなんなのさ、バーラット」

「お前はもうちょっと周りに配慮しながら話せ」

「えー、十分配慮してるじゃないか。ぼく、ヒイロ達のことを人に話してないもん」

ヒイロ達が勇者であることは口外していないと、自分の正当性を主張するニーアに、バーラットは頭を抱えた。

「そんなことを口にしてる時点で秘密があると言ってるようなもんじゃねぇか。それと、そこに俺も入れといてくれ」

「バーラットに秘密にしなきゃいけないことなんて、あったっけ？」

ニーアは腕を組みながら本気で首を傾げる。バーラットはワナワナと肩を震わせる。

「お前がさっき言おうとしていたことだよ」

「なんだ、だったら最初っからそう言えばいいじゃないのさ」

「だ、か、ら、そいつを察して配慮しろって俺は言ってるんだ！」

吠えるバーラットに皆が苦笑しつつ、一同は領主の屋敷へと向かうのだった。

「おかえりなさいませ」

玄関を開けると、エリーは頭を下げながらヒイロ達を出迎える。

相変わらずこちらの帰宅を事前に察していただろう彼女の対応に、ヒイロ達は挨拶を返しつつ苦笑いを浮かべた。

しかし、エリーが頭を上げて一同を見回した後に表情を曇らせたのを見て、ヒイロが尋ねる。

「エリーさん、今のは……」

「顔に出てしまっていましたか。申し訳ありません、お客様を不安にさせるとは、私もまだまだですね」

エリーはそれっきり口を閉ざすと、ヒイロ達を案内するために歩き始めた。

恐らくエリーが不安になったのは、レミーがいなかったから。

そう思いながらも、口を閉ざした彼女からは理由を聞けないだろうと、ヒイロは黙ってエリーの後に続いた。

そうして通された部屋でヒイロは、クレアとキョウコとともに座っている人物に声をかける。

「……と、父さん」

ヒイロの呼びかけはぎこちなかったが、メルクスはニッコリと微笑んだ。

「帰ったか、ヒイロ。それで、ヒビキさんとニーアちゃんの勝負はどうなったんだ？」

せっかく沈静化していた二人の確執を、蒸し返すような発言をするメルクス。

同時に、彼の両隣に座ってお茶をするクレアとキョウコも興味深げな視線を向けてきた。

恋の鞘当ての結末は、誰もが気になるところである。なんだかんだ言って三人とも、二人の対立の結末を気にして――いや、楽しみにしていたのだ。

そんな三人の期待に満ちた視線に、何故そんな報告をしなければいけないのだとヒイロは大きくため息をついた。

しかしヒイロの態度とは裏腹に、注目を浴びたニーアが得意げに口を開く。

「今回は引き分けだね。でも、次は絶対にぼくが勝つよ」

ニーアの宣言に、メルクスとクレアは「おー」と口にしながら拍手を送る。一方キョウコは、長期戦になるのかと、不服そうにヒビキを見た。

「何をやっているのですか、ヒビキ。SSSランク冒険者の名が泣きますよ」

「いえ、姉様。ニーアは確かにやりますよ。ですが、最後に勝つのは私です」

振り出しに戻ったかのように、火花を散らし睨み合うニーアとヒビキ。

ヒイロは二人を見ながら、余計なことをと思いメルクスを睨む。

「何故勝負のことを言うんですか……せっかく、二人の関係が穏やかになってきたというのに」

「ははは、人は競い合ってこそ成長するってもんだ。若い二人が切磋琢磨する。実にいいことじゃないか」

「勘弁してください。パーティ内の不和なんて、同行する者にとっては悪いことしかないんですから。それに、若いって……ヒビキさんは父さんより年上ですよ」

呑気な父にヒイロは苦言を呈するが、メルクスはどこ吹く風で笑うだけだった。そんな夫を微笑ましく見ていたクレアが、会話が途切れたところでヒイロ達に席を勧める。

「そんなことよりもお腹がすいたでしょ。皆さん夕食にしますから座ってくださいな」

パーティ内の問題を『そんなこと』呼ばわりされてヒイロは腑に落ちなかったが、それでも空腹だったのは事実。ヒイロ達は勧められるまま、メルクス達の正面の席に着いた。

そこで見計らったようにメイド達が部屋に入ってきて、テーブルの上に料理を並べていく。

ここ数日で判明したことだが、どうやらこの屋敷ではご飯と味噌汁は基本らしい。お櫃と鍋からよそわれたご飯と味噌汁がそれぞれの前に並び、更に青物のおひたしや、生姜と醤油ベースで味付けされたお肉なども並べられる。

そしてこの日は、陶磁器製の鍋が出てきた。中にはお湯と、大きな立方体に切り分けられた白い食べ物が入っていた。

「……湯豆腐ですか？」

それを見たヒイロが聞くと、メルクスは頷く。そして――

「こいつには日本酒だよな」

彼は隣に立つメイドの酌を受けながら、ニッコリと微笑んだ。

「ほほう。そいつは楽しみですね」

父の言葉にバーラットがそう嬉しそうに答えると、ヒイロは「はぁ～」と大きくため息をつく。

「毎晩、毎晩、よくもまぁ」

愚痴るように言いながらも、バーラットとともに、メイドの酌を受けるヒイロ。そんな彼を視界に収めつつ、メルクスは両手を胸の前で合わせる。

「いただきます」

メルクスがそう言うと、全員がそれに倣い食事が始まった。

テーブルに降り立ち、自分用のフォークを手にしたニーアが一目散に肉に駆け寄る。それを微笑ましく見ながら、ヒイロは箸を持って味噌汁椀に口をつけようとする。

しかし、何か忘れているような気がして、そこで止まった。

その姿勢のまま少し考えたヒイロはあることに思い当たり、ハッと目を見開いた。

「いやいやいやいや、肝心なことを聞く前に危うく食事に入るとこでした」

ヒイロが箸とお椀をテーブルに置き、メルクスへと顔を向けると、その視線にメルクスの箸も止まる。

そしてそれは、彼の両隣に座るクレアとキョウコも同じだった。

「レミーがどこに行ったか、父さんは知ってますね」

「……いや、知らんが？」

ヒイロの質問に、メルクスは端的に答える。しかし一瞬、目が泳いだことをヒイロは見逃さなかった。

「いえ、嘘ですね。父さんは知っている筈です」

「何故、そう言い切れる？」

「私達が入ってきた時から、レミーがいないのに父さん達はそのことを話題にしていません。いないことを初めから知っていたんじゃないですか？」

ヒイロの詰問にメルクス達は黙り込む。

その反応で自分達に教えたくない何かがあるのだと察したバーラット達も、箸を置きメルクス達を見据えた。

「何かまずいことでも？」

「はぐ、モグモグモグ……その顔は何か後ろめたいことがある顔だよね」

酒を前にして陽気だった表情を消してバーラットが言うと、口に入れていた肉を呑み込んだ後でニーアも続ける。

すると、メルクスは大きく息を吐いた。

「はぁ～……ヒイロ達には知られたくなかったんだけど、最初の対応が間違っていたか」

「貴方……」

「メルクス、話すつもりですか？」

観念したかのような口振りに、クレアとキョウコが心配そうな声を上げる。彼はそんな二人に苦笑しながら、自分の息子を見据えた。

「しょうがないじゃないか。ヒイロは一度心配事ができると、解決するまでソワソワしっぱなしな性分なんだから」

彼と同じくヒイロの性格を熟知しているクレアは静かに頷き、キョウコは仕方がないとばかりに嘆息する。

二人の反応で了承を得たと判断して、メルクスは表情を引き締めた。

「ヒイロ、これから話すことを聞いた後も、どうか冷静に行動して欲しい」

「分かりました。これまでも似たようなことでバーラット達に迷惑をかけてきていますから、話を聞いても慌てないようにします」

その言葉に、かつて魔族の集落で少女が行方不明になった時のヒイロの慌てっぷりを思い出し、バーラットとニーアは小さく笑う。しかし、それは一瞬のことで、二人は真剣な顔でメルクスの次なる言葉を待った。

ヒイロの返答を聞いたメルクスは満足そうに頷くと、慎重にゆっくりと話し始める。

「ヒイロ。君をここに連れてくるようレミーに命じたのは誰だった？」

「それは……国王陛下、でしたよね」

自分が来たという報告を受けた国王がこちらに向かっている。そう聞いたことを思い出したヒイロの返答に、メルクスは頷く。

「そう、陛下だ。そして、レミーはまだ陛下に任務完了の報告をしていない」

「それはつまり……レミーは今、陛下のもとに向かっているということですか？　ですが、何故？」

国王はどうして今更レミーの報告が必要なのか、それが分からない。ヒイロが首を捻っていると、メルクスは苦渋（くじゅう）の表情を浮かべた。

「確かに、陛下はヒイロがここに来ていることを知っている。その情報源は恐らく、国の諜報部（ちょうほうぶ）だろう」

これだけ忍者という職業が浸透（しんとう）している国だ。その情報の正確さも、伝達の速さもかなりのものだから、それは当然のことだろうと、ヒイロ達は頷く。

「それでも陛下はレミーに報告させた。それは……レミーの受けた任務が、ヒイロをここに連れてくることだけではないからでないか、と俺は考えている」

メルクスらしからぬ、もったいぶった――言いにくそうな彼の物言いを不審に思い、ヒイロは眉をひそめる。

しかしそれとは対照的に、何かを察したバーラットがハッと目を見開いた。

「そうか！」

「何か分かったの？」

ヒイロと同じく、メルクスの言わんとすることが分からないニーアがテーブルの上から見上げると、バーラットは眉間に皺を寄せながら頷く。

「ヒイロ。レミーがお前の気を引くために用意したコメやミソ、ショーユという材料は、いつ披露されたか覚えているか？」

「それは……セントールに向かう直前でしたよね？」

「ああ、そうだ。それで興味を持ったお前は、すぐにでもトウカルジアに行こうと言い出した。俺がこの国に来るのにはホクトーリクの承認が必要だということになって結局、先にセントールにある城に行くことになったがな」

「ああ、そっか。レミーはヒイロをセントールに行かせたくなかったから、あそこで餌を撒いたんだ」

ニーアは悪巧みに関しては知恵が回る。その彼女の言葉に、バーラットは頷き、ヒイロは首を捻った。

当時その場にいなかったネイや智也とミイ、そして部外者のヒビキがピンときていないのは仕方ないにしても、そこまで言ってもヒイロはまだ察していない。その勘の悪さに、バーラットは少し苛立ちながら話を続ける。

「つまりレミーは、ヒイロとホクトーリク王家との接触を防ぎたかったんだよ」

そこまで言われて、ネイ、智也、ヒビキは「ああ」と納得すると同時に、深刻そうな表情を浮かべた。ミイも理解が及ばないなりに智也の不安を感じ取り、悲しそうに彼を見上げる。

そしてヒイロも。

やっと状況を理解した彼は椅子から立ち上がってメルクスを見た。

「レミーは私とホクトーリク王家を接触させるな、という任務を受けていた……そういうことですか？」

「だと思う。俺だったらそう命令するからな」

メルクスは、レミーが受けた任務の内容を聞いたわけではない。しかし現状から判断するならば、そういった任務が出ていたのだろうと考えた。

そんなメルクスの言葉に、ヒイロはグッと握った拳に力を込めながらメルクスを見据える。

「何故、そのことをすぐに話してくれなかったんですか？」

「話していたら、お前はどうした？」

「レミーはその任務に関しては失敗しています。そのことで国王から叱責（しっせき）を受けるというのであれば、対象であった私が出向いて……」

「国王にレミーを罰しないよう直訴（じきそ）するってか。だからお前には話したくなかったんだよ」

厳しい視線を向けながら、メルクスはヒイロの話を遮ってピシャリと否定する。

ヒイロは一瞬狼狽えたが、すぐにキッと彼を睨んだ。

「私が出向いてはいけないんですか？」

「そりゃあ、まずいだろ」

返答はメルクスからではなく、隣から返ってきた。

やれやれといった感じで発言したバーラットの声にヒイロが振り向くと、彼は疲れ切った様子で続きを話し始める。

「ヒイロ、今のお前はホクトーリクの冒険者なんだ。他国の人間がこの国の問題に首を突っ込んだら、国王としてはいい顔はできんだろ」

「ですが、レミーは私達の仲間なんですよ」

「俺達の仲間の前に、レミーはこの国から俺達の国に送り込まれた間者なんだよ」

ヒイロの真っ直ぐな視線を真正面から受け止めて、バーラットはハッキリと言い切る。対立を露わにする二人を、メルクス達は仲裁せず静観していた。パーティの面々もハラハラしながら見守る。

そのまま睨み合っていた二人だったが、バーラットが引かないと感じたヒイロは、他の人達の意見はどうなのかと思い、皆を見回した。

するとネイは考え込むように目をそらし、智也はどうにもできないといった風に肩を竦めた。ミイは剣呑とした雰囲気にオロオロするばかりで、ヒビキはバーラットの意見が正しいと思うらしく、静かに首を横に振る。

そんな中、テーブルに座るニーアはヒイロの目を見つめながら話す。

「国がどうとか、今のヒイロの肩書きがどうとかは抜きにしてさ……ヒイロが今、どうしたいかが一番大切なんじゃない？」

何者にも縛(しば)られない、なんの責任もない、それでいて最もヒイロを気遣うニーアらしい言葉。

確かに後のことは全く考えていない発言だったが、今のヒイロの心にはその言葉がとても深く刺さった。

「……ですね。ニーアの言う通りです」

「ぼくも付き合うよ」

その目に決意の色を見たニーアはニッコリ微笑むと、散歩にでも付き合うかのような気軽さでヒイロの頭の上へと飛び乗る。

それを確認して、ヒイロは他の意見が出る前に部屋から飛び出していった。

部屋から出る瞬間、ニーアはヒビキに視線を送っていた。まるで、ヒイロとの付き合い方はこうなんだよ、と勝ち誇るように。

それを受けたヒビキが曖昧な笑みを浮かべていると、メルクスは静かに盃(さかずき)を口に運びバーラットを見る。

「止めなくて、よかったのかな？」

バーラットは自分も盃を呷ってから彼を見た。

「決意したヒイロを止める？　無理でしょう」

「仲間の中心にいる君が意地でも止めたら、ヒイロは聞いたんじゃないかな？」

メイドの酌を受けながらのメルクスの返しに、バーラットもまた酌を受けながら肩を竦めてみせる。

「確かに足は止められたかもしれない。しかし、決断までは止められませんよ。結局、長引くだけです」

「あら、ヒイロの性格を熟知してらっしゃるんですね」

同じ結論に達していたクレアがコロコロと笑うと、笑いごとではないとキョウコは眉をひそめる。そんな二人の様子にメルクスは苦笑いを浮かべていた。

一方で、バーラットの言葉に違和感を抱いたネイが、彼を見た。

「でも、本気でまずいと思っていたのなら、バーラットさんは体を張ってでもヒイロさんを止めてたんじゃない？　ヒイロさんもバーラットさんの本気を感じたら、さすがに考え直したと思うんだけど」

ネイがバーラットを問いただすと、バーラットは答えづらそうな様子で盃を口につけた。

それを見て、ネイは探るように尋ねる。

「もしかしてバーラットさん……本音では、ヒイロさんが国王のもとに向かっても構わないと思ってた？」

「いや、そんなことはないぞ。国王との確執なんて、どう転んでもいいことはないだろ」

ネイとは目を合わせずに答えるバーラット。そんな彼の空になった盃に、メイドから受け取った銚子を傾けながらネイは目を更に細める。

「ほんとーにぃー？」

「本当だ。他意は無い」

更に目をそらし、完全に向こうを向いてしまっているバーラットを見て、メルクスが少し思案した後で「ああ」と頷く。

「なるほどね。ホクトーリク王国としては、ヒイロと我が国の国王の間に確執ができても、問題無いどころか、ありがたいわけだ」

メルクスがそう言うと、バーラットはビクッとわずかに肩を震わせる。そんな反応を見せたバーラットに、ネイはやれやれと深いため息をついた。

「なにそれ？　だったら、さっき反対してみせたのは、メルクスさん達に見せるためだったの？」

「さすがは敵に回したくない冒険者筆頭ですね。やることに抜かりがありません」

ネイの言葉に、ヒビキが驚いた様子で頷いた。そんな二人とは対照的に、智也は抗議の声を上げる。

「おいおい、呑気にそんなこと話してる場合なのか？　ヒイロさん、状況によっては取っ捕まるかもしれないんだぜ」

「捕まる？　ヒイロがか？　どうやって？」

智也の心配の声は的外れだと言うようにバーラットが返すと、智也は少し考えた後で口を開く。

「そりゃあ、縄で縛られるとか、牢屋に入れられるとか」

「そんなもの、ヒイロなら力尽くで破れるだろ」

「そうね、ヒイロさんを拘束するなんて、不可能よ」

智也の意見にバーラットとネイが揃って反論する。すると、智也はムキになった。

「だったら、ヒイロさんが護衛を殺しちゃったらどうすんだ？　さすがにそんなことになったらまずいだろ！」

「「あー、それが一番ない」」

バーラットとネイの言葉が重なる。

即答した二人に、メルクスは小さく笑う。

「なるほど、なるほど、バーラットさんはそこまで計算に入れてましたか。さすがはホクトーリク王家、番外王子といったところですね。国益のためにそこまで計算した上で、ヒイロを送り出すとは」

「なっ！」

自分が王族の血筋であることを知っていたのかと、バーラットは目を剥きながらメルクスを見る。

意趣返しに成功したメルクスは、そんな彼を見返しながら小さく息を吐いた。

「はぁ、もしヒイロと陛下の間に確執なんてできたら、我が家としてはあまり面白くないんですけどね」

「その心配は無用でしょう。ヒイロが貴方達の前世での息子なんて話、俺達以外の誰が信じるというんです？」

自分の出自を知った智也とヒビキの視線から目をそらしながらも、バーラットは気を取り直して言葉を返す。

「貴方がたは国王が来るまでヒイロを屋敷で足止めしていただけ。そのヒイロがレミーのために暴走したとしても、この家には何の非もない。その責任はレミーを呼んだ国王にある」

「やれやれ、そこまで考えていたんですか。バーラットさんは冒険者にしておくにはもったいない方ですね。どうです？　今からでも遅くはない、王太子に代わって次代の国王を目指されてみては？」

「いやいや、俺みたいな者には冒険者ぐらいがお似合いですよ。国王なんてそんなそんな」

国が二つに割れるような提案を真顔で話すメルクスに、バーラットは飄々と返す。そんな二人の攻防は、酒を交えながら延々と続くのであった。

「飛ばしますよ」

屋敷を出るとヒイロはぽつりと告げ、【超越者】の力を存分に発揮して、土煙を上げながら走り出す。

そのスピードは凄まじく、ヒイロはすぐに、重たい空気が身体に纏わりつくような感覚に襲われた。

耳には風の轟音しか届かず、目は空気に押されて開けていられない。

もう少しスピードを上げることもできるが、そうすると頭の上にいるニーアは耐えられないかもしれない。

そう思い、ヒイロはスピードを緩めようとした。

しかしその瞬間、空気の重みと風の圧力が消える。

いきなり空気抵抗が消えたことで、ヒイロはつんのめる。だがなんとか堪え、更にスピードを上げた。

何故いきなり空気抵抗が消えたのか。そんな疑問は考えずとも答えが出ていた。

ヒイロは頭上のニーアに話しかける。

「何か、しましたか?」

「んー、風がヒイロの動きの邪魔をしてたみたいだから、避けてもらったんだよ」

「そんな魔法、いつのまに……」

「魔法じゃないよ。忘れたのヒイロ? ぼくは風の妖精だよ。これくらいなら、魔法なんか使わなくても風の精霊は聞いてくれるんだよ」

ニーアは大したことではないと言う。

確かにこれは直接攻撃や防御の役には立たないかもしれない。しかし、早く移動するためには、効果は絶大(ぜつだい)であった。

ニーアの援護を受け、ヒイロはひた走る。

――レミーのもとへと。

## 第17話　動乱(どうらん)の予兆(よちょう)

「レミー、お呼びにより馳(は)せ参(さん)じました」

　レミーは片膝をつき、頭を下げる。

　その前には、ベッドに座る一人の男がいた。トウカルジア国の現国王、ラスカス・ナード・バルク・トウカルジアである。

　年の頃は二十代半ば。背中の中ほどまでの長さの赤い髪が印象的で、一見、優男(やさおとこ)にも見える。だが、眼光の鋭さと、高価そうな服に包まれた鍛(きた)え抜かれた肉体が、ただの色男ではないことを物語っていた。

　ラスカスはベッドに座ったままレミーを静かに見下ろしている。しばらくそうしていたが、レミーが緊張のあまりゴクリと喉を鳴らすと、ゆっくりと話を始めた。

「目的の人物を無事連れてきたようだな。まずはご苦労であった、レミーよ」

「はっ！　もったいないお言葉、ありがとうございます」

「本当は、もっと立派な場所で労(ねぎら)いたかったが、今は人目を忍んでおるゆえ、こんな場所になった。許せよ」

　ここはウツミヤの隣にある小さな街の宿。

　ラスカスはお忍び中と言うが、この宿は貸し切られている上、完全武装の近衛(このえ)騎士団三十名ほどが、宿を取り囲むように厳重警備(げんじゅうけいび)を敷いていた。

　レミーは、かつてメルクスとクレアがお忍びで領内を散策(さんさく)していた時の護衛はたったの三名で、全員が一般の人々に溶(と)け込む服装をしていたと聞いていた。

そのため、それと比べるとこれのどこが忍んでいるんだろう？　と思ってしまう。だが、目の前の人物にそんなツッコミを入れる度胸はなかった。

故に彼女は、当たり障りの無い返答をする。

「いえ、そのようなお気遣いは無用です」

「そうか……で、今回呼んだのは――」

やっと本題に入ったと思い、レミーは顔を下げたまま静かに次の言葉を待った。

「目標を連れてくるのに、何故ここまで時間がかかったのか、その理由をお前の口から聞きたかったからだ」

予想通りの質問。口調は責めているものではなかったが、優しいものでもない。

返答次第では、自分の進退どころか家族にも影響すると察したレミーは、慎重に口を開いた。

「それにつきましては、ホクトーリクのSSランク冒険者、バーラットの存在がネックになってしまいまして……」

「ああ、その話は聞いている。なんでも、発見した時点で既にバーラットが目標と行動を共にしていたそうだな」

「はい。故に当初は、エンペラーレイクサーペントを倒したのはバーラットではないかと、推測していたのですが……」

「結果は違った」

既に知っている情報を整理するかのように、相槌を打つラスカスに、レミーは頭を垂れたまま頷く。

「確かにホクトーリク王家に繋がるバーラットが目標であったなら、その対応は慎重を期すべきだったかもしれない。だが、早いうちに目標はバーラットではなく、その連れ――ヒイロであると分かったのだろう？」

「……はい」

ラスカスが何を言わんとしているのか理解したレミーは、逡巡しつつも肯定する。

するとラスカスは、少し語気を強めた。

「では何故、すぐさまバーラットからヒイロを引き離し、この国に連れてこなかった？　ハッキリ言ってしまえば、ヒイロがセントールでホクトーリク王家と親密な繋がりを持つに至ったのは、お前の落ち度ではないか？」

予想通り、そのことが呼ばれた理由なのだと分かり、レミーはわずかに肩を震わせた。

しかし、ここで黙っては印象を悪くするだけ。レミーは顔を上げ、ラスカスの目を正面から見据える。

ラスカスは口元に微笑を湛えていた。だが、その目は鋭い光を宿しレミーを射貫いている。

視線だけで自分を殺せるのではないか。そんな考えすらよぎってしまうほどの鋭い視線を真っ向から見返しながら、レミーは強張る唇を意思の力で無理矢理開ける。

「それは、かの者の実力が常人離れしており、強引な手段を用いることで不信感を抱かれては、全てが水泡に帰してしまうと判断し……慎重に事に当たった結果、このような事態になった次第です」

「ほう、エンペラー種を倒した実力、それをヒイロは間違いなく持っていたと、そういうことか」

目を細め、興味深げに聞いてくるラスカスの表情は好奇心に満ち溢れている。

確かに単独でエンペラー種を倒したなどと、そんな報告を受けてもにわかに信じられるものではない。大人数、又は幸運な偶然があり、たまたま倒せた。そう考えるのが当たり前である。

しかし、レミーの報告によって、ヒイロは間違いなくエンペラー種を倒せるほどの力を秘めていると知ったラスカスは、いたくヒイロに興味を持ったようだった。

ラスカスは決定的に機嫌を損ねているわけではない。そう判断したレミーは、頷きつつ言葉を返す。

「はい。故にバーラットやホクトーリク王家も、かの者を無理に引き込むような真似はしておりません」

「なるほどな。うまく丸め込んで、その力を利用して自国の窮地を乗り切ったわけだ。温厚でありながら狡猾なホクトーリク王のやりそうなことだ……でだ、レミー」

顎に手を当てて考えを整理していたラスカスは、急にレミーに向き直りパシリと太腿を叩く。

突然、張り詰めた空気を打ち砕いたラスカスに面食らい、レミーは思わず「ほへっ？」と間の抜けた返事をしてしまう。

そんなレミーを見下ろし、王の顔を脱ぎ捨てたラスカスは話を続けた。

「こっからが本題なんだけど。ヒイロという人物、どんな性格なんだ？」

「……えっと……その……と仰いますと？」

急に人懐っこい口調になったラスカスに、呆気にとられて質問の内容が入ってこないレミー。するとラスカスは焦れたように質問を繰り返す。

「だから、ヒイロの性格を知りたいんだよ。これから俺はヒイロと会うが、人間、第一印象が大事じゃないか。どんな奴か知っていれば、対策を立てられるだろ」

「あっ……ああ、そういうことですか。では――」

レミーは今まで見てきたヒイロの逸話を、丁寧に話す。

それを聞き終えると、ラスカスは「う～ん」と唸りつつレミーを見た。

「つまり、ヒイロは真面目で真っ直ぐなお人好し……ということか？」

端的に纏めてしまえば、そう評価されてしまうであろうヒイロの性格。

例に漏れずラスカスも、ヒイロの性格をそう判断した。

しかし、そこに隠れるヒイロの一面に、ラスカスは気付いていないのではないかと感じ取り、レミーは頷きつつも補足する。

「確かにヒイロさんはそのような人物です。ですが、こうも言えるのではないでしょうか。ヒイロさんは、仲間のためならば自身が傷つこうが構わず敵に立ち向かう、強靭な意志を持つ人であると」

そんな性格が、ネイを傷つけた妖魔や、ホクトーリクに現れた魔族にヒイロが立ち向かった要因である。そう語るレミーに、ラスカスは表情を引き締めながら頷いた。

「うーん、お人好しでありながらたまに好戦的にも感じたのは、その辺が要因か……心配性のお父さんが人外の力を得れば、家族のためにそんな行動を取るものかな？」

「お父さん……確かにそんな感じかもしれませんね。ヒイロさんが心配性なのは事実ですから」

最後は冗談混じりに笑うラスカスに釣られ、レミーも笑った。

が、ラスカスはふと、思いつくことがありレミーを見る。

「レミー」

「はい、何でしょう？」

急に真剣な表情になったラスカスに、レミーも緊張しながら返事をする。

「お前、ここに来るのに何て言ってきた？」

「用事があると言って抜けてきましたが？」

「……ヒイロはそれで納得して送り出したのか？」

「いえ、ヒイロさんとは直接話さず、仲間の一人に言付(ことづ)けしてきましたが……」

「……」

レミーの返答に不穏なものを感じ、ラスカスは無言でまじまじと彼女を見た。

「どうかされましたか？」

「いや、王という立場にいると、どうしても物事を悪い方に考えてしまってね。今の話を聞いてたら、門限になっても帰ってこない娘を心配して、探しに行く父親の姿が浮かんでしまった」

ラスカスは考えすぎだな、と笑う。

しかし、そんな彼の反応にレミーは笑えなかった。

真顔のまま固まってしまったレミーを見て、ラスカスもまた、顔から笑みを消す。

「えっと……レミー、もしかして……本当にそういう事態になっていると思うのか？」

「いえ、そんなことは無いとは思いたいのですが……」

精一杯否定しようとするレミーであったが、どうしても自分を心配するヒイロの姿が頭から離れない。そのまま二人が見つめ合いながら固まっていると、部屋のドアが勢いよくノックされた。

ノックどころではない騒音に、ラスカスは勢いよく振り向く。

「どうした！」

「陛下！　ご報告します。正体不明の男が敷地内に侵入を図っておりましたので、取り押さえようとしたのですが……その男、思いのほか力が強く、確保に時間がかかっております！　何としても事態を収拾いたしますが、念のため陛下にはここから離れていただきたいと、ご報告に参りました次第です」

その時、兵士の緊迫した声が屋外から聞こえてきた。ラスカスはベッドから立ち上がり、窓に小走りで駆け寄る。

そしてカーテンを開け見下ろすと、宿の庭には人だかりができていた。

いや、それは人だかりと言うよりも、人の塊と言うべきかもしれない。一人の男に、鎧を着込んだ近衛騎士達が三十人ほども纏わりついているのだ。

重さも圧力も相当なものだろうに、それでも侵入してきた男の歩みを止められない。

ラスカスはゆっくりと宿の入口へと近付いてきている人の塊を、呆然と見下ろしている。

その隣に来て同じ光景を見たレミーが、疲れ切ったような顔で口を開く。

「ヒイロさん……」

「やっぱり、そうなのか……」

レミーの呟きに、ラスカスは眼下の光景に釘付けになりながら唖然とした口調で返す。

「陛下のご想像が当たってしまったようです」

「いや……まあ、その何だ。レミーよ、本当によくぞあの者を連れてきてくれたな」

じわりじわりと近付くヒイロの動きには、近衛騎士団を傷付けまいという配慮が見て取れた。

もし、あの者が我を忘れるくらい怒っていたら？　近衛騎士団はとっくに戦闘不能にされていたことだろう。

そう考えると、レミーがヒイロを刺激しない策をとったことは正解だったのだと思い至り、ラスカスは改めてレミーを労う。

そんなラスカスの心情を悟り、レミーは無言で頷くのだった。

「えっと……こちらでよろしいので？」

ドアの向こうから、遠慮がちな確認の声が聞こえてくる。

アレは止められないと判断したラスカスは、報告に来ていた騎士に、すぐにヒイロをこの部屋に案内するように命じていた。

だから、この遠慮がちな声の主が、あの人間離れした力を披露していたヒイロであることは分かっていた。だがそれにしても、丁寧な口調と行動がちぐはぐに感じられ、ラスカスは苦笑してしまう。

それに釣られてレミーも苦笑していると、ドアがノックされた。

「構わない、入ってくれ」

ラスカスはそう、くだけた口調で返す。

レミーがもたらした情報により、ヒイロには素の自分で対応した方がいいと判断したのだ。

ゆっくりと開くドア。その向こうから、冴えない容貌(ようぼう)の中年男性——ヒイロが現れた。

ヒイロはラスカスとその前に座るレミーの姿を認めると、ラスカスに向かって一直線に歩き出す。

ヒイロの目は血走っている。ラスカスは、彼はこんな夜中にレミーを呼び出した自分に憤っているのではと考え、思わず身構えてしまった。

しかしそんな彼のもとへ来たヒイロは、思いっきり頭を下げる。

するとヒイロの後頭部にいたニーアが、寝そべったような姿でラスカスの目の前に来ることになった。

実はニーアは、ヒイロの後ろに隠れつつタイミングを見計らって、ラスカスを驚かそうとしていた。しかし、ヒイロが入室してすぐに頭を下げたために、あっさりと姿を見せる羽目になってしまったのだ。

ニーアはどうしたものかと思ったものの、ラスカスが目を点にして驚いているからまっいいか、と思いニッコリと笑った。

「やあ」

「……やあ」

ニーアが手を挙げて朗らかに挨拶をする。釣られてラスカスもまた、気後れしながらも手を挙げて返した。

周囲に弛緩した空気が漂う。

しかしそれは一瞬のことだった。ヒイロが頭を上げると、彼は必死の形相をしていて、にわかにラスカスは緊張を強いられる。

緊張から弛緩、そしてまた訪れる緊張。次々に襲いかかってくる状況変化についていけず、ラスカスはヒイロにここに来た理由すら、問おうにも言葉にできずにいた。

口をパクパクさせているラスカスに向かって、ヒイロは真剣な目つきで話す。

「申し訳ありません。レミーが私をここに連れてくるのが遅れたのは、全て私の責任なのです」

「は……はぁ……」

この男は突然、何を言い出すのか？　理解し切れないラスカスが曖昧に返すと、ヒイロは更にまくし立てた。

「ですから、レミーには責任はありません！　悪いのは全て私です」

「えー、ヒイロのせいでもないと思うなぼくは。責任があるとすれば、こいつだよ」

ニーアはヒイロの後頭部からぴょこんと飛び出し、肩の上に移動してラスカスを指差す。

人間であれば無礼極まりない彼女の言葉に、ヒイロは冷や汗を流した。

「ニーア、それは違います」

「どこが違うの？　レミーがぼく達の仲間になったのとほぼ同時に、ヒイロのセントール行きも確定したのに、ヒイロをセントールの王族と仲良くさせるな、なんて無茶な命令を出したのはこいつだよ」

「いや、それは……」

「レミーだって、無理は承知でヒイロの気を引こうと頑張ってたじゃん。それなのに、ヒイロがセントールの王様達と仲良くなったのはレミーのせいだなんて、言いがかりもいい所だよ」

歯に衣を着せるということを知らないニーアの言いように、レミーはワタワタと二人を交互に見る。

「ですが、こういう組織において上司の命令は絶対なのです。たとえ白くても上司が黒と言えば、それは黒なんですよ」

冷や汗が止まらなくなったヒイロはなんとかそう反論を繰り出そうとしたが——

「何それ？　白いのを黒なんて言う馬鹿に付き合う必要なんてないよ。大体、ヒイロは下手に出すぎ！　どう考えたってこいつが悪いんだから、もっと強気に攻めればいいんだよ」

口論でニーアに勝てるわけがなかった。

しかも今回はニーアの方が正論なので、余計に言い負かされてしまい、ヒイロは窮地に立たされていた。

ラスカスにレミーの弁解をしに来た筈が、何故かニーアと口論になり、負かされそうになって口数も減り始めるヒイロ。

トウカルジア国選り(え)すぐりである近衛騎士団をものともしなかったヒイロが、小さな妖精相手に四苦八苦(しくはっく)している様(さま)を見て、ラスカスは徐々に笑いがこみ上げてきた。

「くくく……あっははは」

ラスカスが突然笑いだし、ヒイロ達を止めようとしていたレミーも、釣られて笑う。

そんな二人に、ヒイロとニーアは口論をやめてそちらに目を向けた。

「何？　なんで笑うの？　レミーはこいつに怒られてたんじゃなかったの？」

「そうだと思ったんですけど……というか、ニーア、国王陛下をこいつ呼ばわりするのはやめなさい」

「えー！　だって、ぼくはこいつの家来じゃないんだから、別に構わないじゃないか」

「そういう問題じゃないんです！」

「いや、別に構わないよ。俺も、妖精相手に従うことを強要するつもりはない」

せっかくやめたのに、また喧嘩を始めたヒイロとニーア。

これまでのやりとりで、ラスカスはヒイロがここに来た理由も分かったので、頬が緩むのを堪えながら二人を止めた。そして、笑顔をそのままにヒイロを見る。

「それよりも、ヒイロ。君は勘違いしている」

「勘違い……ですか？」

「ああ、俺は責めるつもりでレミーを呼んだわけじゃないんだ」

「そう、だったんですか。では、私が乗り込んだ意味は……」

レミーがにこにこしているということは、ラスカスがレミーを罰するというのは自分の思い込みだったようだ。そう考えているヒイロの頭を、ニーアが慰めるようにポンポンと叩いた。

「ヒイロの行動が無意味でも別にいいじゃん。レミーが大丈夫だって分かったんだからさ」

「いや、無意味って言うより迷惑をかけてしまった分、マイナスですよね、この場合」

妖精に慰められながら体を小さくし、しょんぼりするヒイロに、ラスカスは再び笑う。

「ふふっ、国の精鋭に真正面から力尽くで押し勝った男が、ここまで和やかに気を遣うか」

「それがヒイロさんなんですよ」

誇らしげに言葉を返すレミーに頷いた後で、ラスカスは再びヒイロへと視線を向ける。

その視線は子供のように無邪気で楽しそうだ。

元々、ラスカスは新しいものが好きだった。だから王子時代から、新しいものを次々と生み出していくメルクスの所へ足しげく通っており、仲も良い。

そんなラスカスは、今まで見たことのないタイプの強者であるヒイロに興味があった。

「そこまでレミーが気になるのなら、どうだろう、一緒に俺に仕えないか？」

「いや、それはご勘弁ください」

「う～ん、ダメか。それはホクトーリクの王族に忠誠を誓っているからか？」

断られた理由がホクトーリクの王族に先を越されたからであるとしたら、それはそれで面白くない。

そう思ったラスカスは、ニヤニヤと口元を歪めながらヒイロを見た。自分でも意地の悪い質問だと思ったが、ラスカスの予想に反して、ヒイロはごく自然に首を横に振った。

「私はホクトーリクの王族の誘いも断っております。それなのにこちらの誘いを受けては、ホクトーリクとこの国に確執が生まれましょう」

そつのない断り方に、ラスカスは笑みを浮かべる。

「まあ、俺としては、ヒイロが手に入るならホクトーリク王国と一戦交えてもいいとは思うんだけどな」

「いやいや、戦争で一番被害を受けるのは国民です。私なんかを手に入れるために戦争をしようなど、国王としてどうかと思いますよ」

エンペラー種を倒し、ホクトーリク存続の危機を救ったヒイロが、自分を過小評価するのを聞き、ラスカスはなるほどと思いながら頷く。

これでは、こちらがいくら高い条件を出しても、ヒイロを萎縮させるだけだ。

それだけではなく、ヒイロの価値観からすれば、どんな条件だろうと冒険者という自由な身分の方が魅力的なのだろう。

生まれながらにして王族という生き方を強要されてきたラスカスは、自由を選ぶヒイロの考えが理解できた。故に、無理強いすればヒイロの不評を買うだけと判断する。

「確かに、戦争になれば国を疲弊させるだけだな。得策ではないか」

「その通りです」

ホッとするヒイロに、ラスカスは仕方がないとばかりに小さくため息をつく。

だが、そんな残念そうな態度はすぐにかなぐり捨て、ラスカスは本題とばかりに気を取り直してヒイロを見た。

「じゃあ、君を手に入れるのは諦めるとして……実は別にお願いがあってね」

「お願い、ですか？」

ラスカスがヒイロを探して連れてくるよう命じたのは、実はヒイロを手に入れることが目的ではなかった。

本来の目的を達成するために真顔になったラスカスに、ヒイロは怪訝な表情を浮かべる。

「ああ、お願いだ……ヒイロはエンペラーレイクサーペントを倒したんだよね」

「ええまあ、成り行きで」

エンペラー種を倒したことを成り行きで済ませるのかと、ラスカスは内心唖然としながらも、表面上は平静を装いつつ話を続ける。

「じゃあ、エンペラーレイクサーペントの核を、君は持っているよね」

エンペラー種の素材。その所在を確認してくるラスカスに、ヒイロは目を見開きつつ黙り込んでしまった。

たった一つ取っても、高い効果が期待できるエンペラー種の素材。

国すら敵に回るかもしれないから絶対に出すな。

バーラットと会ったばかりの頃、彼から受けた忠告の言葉がヒイロの脳裏をかすめた。

持っていないと答えればいいのか？　だが、相手は自分がエンペラーレイクサーペントを倒したことを知っている。すぐにバレる嘘をついても無意味どころか、相手を怒らせるだけじゃないのか？

色んな考えが頭の中を回り、どう答えるのが正解なのか分からなくなって、ヒイロはフリーズしてしまった。

ラスカスはそんな彼の態度から、『こりゃあ、持ってるな』と確信して、苦笑いを浮かべる。

そんなヒイロの頭を、ニーアが思いっきり蹴飛ばした。

ヒイロは首に手を当ててニーアに抗議する。

「何をするんですニーア。むち打ちになったらどうするんですか！」

「ヒイロが黙り込んでるからだよ！　そんな固まってたら、持ってるって言ってるようなものじゃないのさ！」

相変わらず嘘がつけないヒイロにニーアが憤慨する。そんな彼女の大声に、ヒイロは大きくため息をついた。

「ニーア、私が核を持っていることがバレたのは、貴方の今のセリフのせいですよ」

「えー、ヒイロの態度でバレバレだったんだから、ぼくのせいじゃないもん」

「いやいや、私は口にはしてませんから」

「違うね。ヒイロの態度が全てを物語ってたもん」

再び口論を始めた二人を、ラスカスは本当に仲が良いなと思いつつ眺めていた。だが、このままではいつまで経っても話が進まないので割って入る。

「持ってるんだね」

ラスカスの一言で、ヒイロとニーアは黙り込み、揃って彼の方に振り返った。

「持っているのなら譲ってほしい。言い値を出そう」

「……一つ確認したいのですが、核を手に入れて、何に使うつもりですか？」

ヒイロはゆっくりと言葉を返す。

エンペラー種の素材の一つである牙ですら、セントールの城を強力な結界で覆うほどの力を示した。それが、素材の中でも一番強い力を宿す核ならば――

そんなものを何のために欲するのか。ヒイロの問いに、ラスカスはゆっくりと答える。

「実は今、首都トキオにある俺の城の城壁（じょうへき）に、大型の魔導兵器を作っていてね」

「魔導兵器！　……お断りします」

その一言で全てを察したヒイロは、即座にラスカスの申し出を突っぱねた。

「うーん、どうしても譲ってくれないか？」

「できません」

「高威力の巨大魔導砲……男のロマンを感じないかい？」

困り顔で笑いながら、ヒイロの心をくすぐるようなことを言うラスカス。

一瞬、巨大な大砲で、更にでかいドラゴンを撃つ妄想が頭の中をかすめたが、ヒイロはすぐさまそれを振り払った。

「ロマンは……確かにありますが、エンペラー種の核を使うほどの兵器であれば、大量殺戮の道具にもなりうるでしょう。そんなことに利用される可能性があるのなら、核を譲るわけにはいきません」

ヒイロは改めてキッパリと断った。

エンペラー種の核を使用した兵器。それから生み出される破壊力は自分の想像を絶するものであろう。そう考えたヒイロは、ラスカスに厳しい視線を投げかける。

ヒイロの思うところは、ラスカスにも理解できた。

大量殺戮兵器をこの世に生み出す手伝いは絶対にできない。そういう確固たる思いがヒイロの中にはあるのだろう。そう分かりながらも、ラスカスは人懐っこい笑みを消し、固い意志のこもった視線を返す。

「ヒイロの言わんとするところは分かる。だけど、それでも今、魔導兵器の完成がこの国には必要なのだ」

「どういうことですか？」

訝しげなヒイロに、ラスカスは意を決して話し始めた。

「チュリ国に降臨した勇者が、シコクの純血の魔族を倒した後、南の島国であるクシュウ国を支配下に収めたことは知っているか？」

「……えっ！」

唖然とするヒイロ。その情報はレミーも知らなかったようで、彼女も口を両手で押さえ目を見開いていた。そんな二人を前にして、ラスカスは真顔のまま話を続ける。

「元々、クシュウ国は信者王と名高い、オートソート・リン・クシュウにより治められていた国だ。そして教会の総本山がある国でもあったんだが、そこに神から遣わされた勇者が現れ、クシュウ国は無条件で勇者のもとに降った」

「……チュリ国はそれに賛同したんですか？　それとも、チュリ国の王が勇者を使って、自国の領土を広めるために画策したのですか？」

同郷の勇者達がこの世界を征服し始めたなど信じられず、ヒイロは勇者を陰で操っている者がいるのではないかと訝しんだ。しかし、それを打ち破るかのように、ラスカスは首を横に振る。

「チュリ国の王は非協力的だということで、既に勇者の手によって粛清されている」

「なんですって！」

「勇者の大義名分は――人は皆、神によって生み出されたのだから、神に感謝しながら生きるべき――だそうだ」

「そんな……確かにそうかもしれませんが、信仰なんて人の自由意志に委ねるべきです」

「俺もそう思う。だが、勇者が治めることになったクシュウ国とチュリ国の住民は皆、朝起きたら神に感謝の祈りを捧げ、昼は神のために働き、夜は神に感謝しながら寝る。そんな生活を強要されているらしい。しかも、そうして得た収入のほとんどは、お布施として教会に上納するよう、国が命じているそうだ」

嫌悪感を露わにしながら、二ヶ国の状況を口にするラスカス。

そんな彼を、ヒイロは言葉を失いつつ見つめていた。

「そして、勇者を筆頭とした教会とクシュウ国の軍は先日、チュリ国に隣接するカンサル共和国を呑み込み、今はその隣のチブリア帝国への侵攻を準備しているらしい」

「チブリア帝国が落ちれば、次はこのトウカルジア……ですか?」

レミーの口調には危機感がこもっていて、ラスカスは重々しく頷いた。

「俺は、国民の自由意志を縛り、その財産をむしり取るような真似をする、勇者や教会のやり方を受容することはできん」

王の顔で決意を語るラスカスに、ヒイロも苦渋の表情で頷く。

「ええ、それは当たり前の考えだと思います」

「だから、勇者達と教会に対抗するための力が必要なのだ」

確かにラスカスの考えは間違ってはいないとヒイロは思う。

だがそれと同時に、本当に戦争でしか解決手段が無いのか？　力に対して力で対抗することが本当に正しい道なのか？　他に、犠牲者を出さない方法があるのではないか？　とヒイロは悩み始めた。

「少し、時間をいただけますか？」

「うむ、明日の昼には俺もウツミヤの街に入る予定だ。それまでに答えを出してほしい」

ラスカスの言葉を聞くと、ヒイロは立ち上がって慌てて部屋を出ていった。

この話を仲間達に相談するために。

ヒイロに続いてレミーも立ち上がる。彼女が視線を向けると、ラスカスは微笑を湛えながら頷いた。それを確認して、レミーはヒイロの後を追うのだった。

## 閑話　創造神の動転

「やあ、いらっしゃい」

突然の来客を、創造神は驚きながらも笑顔で迎える。

創造神の前には、白い布のような服を纏った、白髪、白髭の老人が立っていた。

「うむ。レイムシアの神よ、直接会うのは久しぶりだな」

「そうだね、地球の神のじいちゃん」

その老人――地球の神の挨拶に軽く答えながら、創造神は席を勧めた。

地球は神に作られて四十六億年以上経つ。対してレイムシアはできてまだ数千年。神という職において言えば、創造神にとって地球の神は大先輩にあたる。その割には創造神の態度には敬意というものが微塵もないが、地球の神は気にする様子もなく席に着いた。

「飲み物は何がいいかな?」

「あれば、渋い茶が良いな」

自分の正面に座りリクエストを聞いてくる創造神に、地球の神は長いあご髭を指でさすりながら答える。それを聞いた創造神は、席に着いたまま後ろを振り返った。

「だって。準備してくれる? 僕は――」

「甘いミルクティーですね。分かっています」

創造神の呼びかけに答えたのは、月を司る神族のルナ。

彼女は、自分の分体である月の魔力をヒイロが利用して大破壊を引き起こして以降、この神界に残っていた。

それは、ここでヒイロを監視するためだった。だがその結果、創造神に良いように使われていた。

ルナが二つのカップをテーブルの上に置くと、二柱は揃ってカップに口をつける。

「ほう、玉露(ぎょくろ)か……美味(うま)い」

一口飲んで地球の神が感想を述べると、創造神の背後に控えていたルナは静かに頭を下げた。

まだ若く、適当な性格の創造神が生み出したとは思えないほど礼儀正しいルナの所作を見て、地球の神は微笑む。それから、創造神へと視線を戻した。

「今日来たのは他でもない、博(ひろし)のことでな」

「博？　……ああ、おっさんのことか」

創造神はヒイロの本名を思い出した。地球の神は頷く。

「あれは、そちらの世界でちゃんと両親と出会えただろうか？」

心配そうに聞いてくる地球の神に、創造神は合点がいって「ああ」と声を上げた。

「彼の両親って、二十年ほど前にじいちゃんが『上手く結ばれるように転生させてくれ』って連れてきた二つの魂のことだろ？　ちゃんと出会えているよ」

「出会えていたか、それは良かった」

創造神の返答を聞き、嬉しそうに頷く地球の神。

何故そんなことを聞くのか、創造神がカップを置きながら訝しんでいると、地球の神は話し始めた。

「お前の言う通り、前に頼んで転生させてもらったあの二人は、博の両親だった者達でな。才能を与えることなく生まれさせてしまった博を、苦労しながらも真っ直ぐに育ててくれていたのだ」

「あー、おっさんが元から無能者だったのは、じいちゃんの手違いだったのか」

からかうような視線を向ける創造神を、地球の神は片眉を上げ不機嫌そうに見る。

「一つの世界をじっくりと時間をかけて管理するのは大変なのだぞ。お前みたいに、すぐに過酷な環境でも生きられるような生物を作って、できたばかりの世界に放つような真似などせず、ゆっくりと順を追って世界を育ててきたのだからな」

「ゆっくりとした管理をしている割に、才能を与える前に産まれちゃう存在ができるんじゃ、僕の管理と大差ないじゃないか」

「この世界とは人口が違いすぎるのだ、仕方あるまい。人口が少ないのに、無能者が生まれてしまうお前と一緒にするな！　大体、お前の世界管理はずさん過ぎるのだ！　適当に作った世界に早々に知的生物を生み出しおって。そんなだから、定期的に勇者を必要とするような不安定な世界になってしまうのだ！」

地球の神が激昂する。

さすがにこれ以上茶化すと、説教が本格的に始まってしまうと思った創造神は、舌を出しながら「ごめん、ごめん」と謝った。

反省の色を見せない創造神に、地球の神はもう少し言ってやりたかったが、話がそれ以上逸れるのも嫌だと思い直した。落ち着きを取り戻して、続きを話す。

「それで、あの二人が死んだ時に、生前の苦労を労うために儂の所に魂を呼んで、何か死ぬ前に望みはないかと聞いたのだ」

「ふーん……ってことは、二人は生まれ変わってもまた夫婦になりたい、とでも言ったの？」

「その通りだ。生まれ変わっても二人で幸せに暮らしたい。それが二人の望みだった。だが、治安が良い場所で、かつ都合良く二人を結婚させるように転生させるとなると、地球では難しくてな」

「それで僕に頼んだわけだ」

地球の神が頷くと、創造神は「でも……」と付け加えた。

「だとしたら、どうして今回の勇者選抜におっさんを選んだんだい？　僕が指定した若い世代からも随分離れているし、危険が多いこの世界に転移してくるなんて、両親は不本意だと思うけど？」

「うむ。それなんだが、あの二人の願いは他にもあったのだ。それは、自分達が死んだ後、息子が無事に成長してほしいというもので、願いというよりも心配事であったがな」

「それで無事成長したおっさんの姿を二人に見せるために、今回の勇者の中におっさんを入れたの？　まあ、あのおっさんは面白いから、僕としては嬉しかったけど」

「勿論ちゃんと、博がこの世界に適しているか、精神分析してから勇者候補に選んだぞ。まったく、何度も勇者をねだりおって……そのたんびに、異世界に興味を持ち、なおかつ適合する者を選出している儂の苦労も少しくらい分かれ！」

　再び口調を荒らげグチグチと言い始めた地球の神。創造神は曖昧な笑みを浮かべつつそれを聞き流していたが、ふと、何かに気付いて地球の神を見る。

「――お前には、もうちょっと世界を管理する責任というものをだな……」

「ねえ、地球の神のじいちゃん」

「ちゃんと自覚してもらわんと……と、なんじゃ？」

　説教の合間に名を呼ばれ、地球の神が話を中断すると、創造神は確認するように尋ねる。

「何だかんだ言ってるけど、おっさんをこの世界に転移させたのって……二人に会わせるためだけじゃないよね。この世界に勇者として呼べば、地球では無能者として生を受けてしまったおっさんに、僕が何かしらの才能を与えると見越したから、じゃないの？」

　創造神の指摘に、地球の神は何も答えず、無言でお茶をすすり始めた。その行動が全てを物語っていると、創造神は呆れたようにため息をつく。

「はぁ～、結局、自分の失敗の尻拭いを僕にさせただけじゃないか」

「うるさい。お前だって、何度も地球の者を寄越してくれと言ってきてるのだ、その程度の苦労ぐらい肩代わりせんか。まあ、今回選別した十人の勇者の中に、運気を最大限に上げた博を入れたのには、そんな思惑もあったことは事実だがな」

なんの才能も与えられず生を受けたヒイロに、少なからず罪悪感を抱いていた地球の神。そのせめてもの罪滅ぼしが、少しでも良い才能が得られるように、運気をできるだけ上げてこの世界に送り出すことであった。

だからおっさんは、【超越者】と【全魔法創造】なんて、とんでもないスキルを二つも引き当てたのかと、苦笑いしていた創造神だったが、その笑みはすぐに固まる。

「ん？　……十人の勇者の中におっさんを入れた？　ねえ、今回こっちに寄越した勇者って、おっさんを含めて十人なの？」

「お前が十人くらい欲しいと言ったのだろうが。だから、今回送ったのはきっかり十人だぞ」

恐る恐る確認すると、地球の神は何を言ってるんだと言わんばかりに答える。

その返答を聞いて創造神は頬を引きつらせた。

（えっと……まずはあの少年だろ……）

頭の中で今回の勇者達の姿を思い出しながら、創造神はテーブルの下で指折り数え始める。

始めに勇者のリーダー格の少年の姿を思い描きながら、人差し指を立てる。そのまま彼の取り巻きになっている女性三人を数えて、親指以外の四本の指が立つ。

(後は、ゲーマーの三人に、ガラの悪い二人。この二人は一人が死んで、もう一人はおっさんと合流したんだっけか……)

慎重に数えていく創造神の指は、開き切った後で親指から折られ始め、今は既に小指しか立っていない。

(……後は、ネイだろ)

そこまで数えられると、折り返した創造神の指は綺麗に拳の形を作っていた。要するに、ここまでで既に十人。

(最後にヒイロのおっさん……)

ヒイロを加えて、創造神の人差し指が再度立つ。

一本立てた人差し指を前後に忙しなく動かしながら、創造神の頬は更に引きつっていった。

(一人……多いよね)

地球の神はお茶をすすりつつその後も世間話を続けていたが、困惑する創造神の耳にその話は届いていなかった。

# あとがき

この度は文庫版『超越者となったおっさんはマイペースに異世界を散策する6』を手に取っていただき、ありがとうございます。

第六巻は、以前から温めていた新キャラ達や設定を一気に放出した巻になります。

その中で、まずは私の一番のお気に入りのニーア。彼女は新しいキャラではないものの、今回登場したフェリオの力によって、かなり強くしてもらいました。

というのも、前々から武闘派バリバリのヒイロ達パーティの中で、ニーアの戦闘中の存在感が薄くなるのが気になっていたからです。私としてはそれでも良い気がしていたのですが、ニーア的には「そんなヒイロに守られるだけの状態なんて我慢できない！」（あえて強め口調で言っております）と、黙っているわけがないと考えたものですから。

次は智也とミイです。智也は言わずもがな、勇者の一人になります。それも、設定的には勇者側についていけなかった常識人。

そう、ああ見えて彼は常識人なんです。悪びれた態度を取っていても、頭の方は普通の人なのです。色々とキャラの濃い、ぶっ飛んだヒイロ達の輪の中に入れると途端に影が薄くなりがちな、所謂、一般人と言いますか。

そこで智也の存在感を少しでも高められれば……という私の淡い期待を背負って生まれてきたのがミイでした。智也を【テイマー】というスキル持ちにした発想は、ミイありきで誕生したのです。つまり、智也というキャラが閃いた時点で、智也とミイは私の中でワンセットになっていたというわけです。

最後にメルクスとクレア。彼らについては、「何故、ヒイロが異世界に来てしまったのか？」という謎を解くキーキャラクターとして早い段階で頭の中にありました。

その際、彼らが四十歳を過ぎても未だ独身でいる我が息子と再会したら心配になるのでは？　と考えた結果、作中のお見合いイベントでヒビキを登場させたのです。

とまあ、キャラや設定の説明であとがきが埋まったようですね。

ああ、新キャラってありがたいものです。

それでは、第七巻もお読みいただけることを願いながらこの辺で。神尾優でした。

二〇二一年十月　神尾優

ゲート
自衛隊 彼の海にて、斯く戦えり
GATE SEASON 2
1〜5

柳内たくみ 著
Yanai Takumi

1〜5巻
好評発売中！

文庫1〜3巻
（各上・下）
大好評発売中！

●各定価：660円（10%税込）●Illustration：黒獅子

●各定価：1870円（10%税込）
●Illustration：Daisuke Izuka

アルファライト文庫

この作品に対する皆様のご意見・ご感想をお待ちしております。

おハガキ・お手紙は以下の宛先にお送りください。

【宛先】

〒150-6008 東京都渋谷区恵比寿 4-20-3 恵比寿ｶﾞｰﾃﾞﾝﾌﾟﾚｲｽﾀﾜｰ 8F
（株）アルファポリス　書籍感想係

メールフォームでのご意見・ご感想は右のＱＲコードから、
あるいは以下のワードで検索をかけてください。

アルファポリス　書籍の感想　検索

ご感想はこちらから

本書は、2019年12月当社より単行本として
刊行されたものを文庫化したものです。

超越者となったおっさんは
マイペースに異世界を散策する 6

神尾優（かみお　ゆう）

2021年 10月 31日初版発行

文庫編集－中野大樹／宮田可南子
編集長－太田鉄平
発行者－梶本雄介
発行所－株式会社アルファポリス
〒150-6008東京都渋谷区恵比寿4-20-3恵比寿ガーデンプレイスタワー8F
TEL 03-6277-1601（営業） 03-6277-1602（編集）
URL https://www.alphapolis.co.jp/
発売元－株式会社星雲社（共同出版社・流通責任出版社）
〒112-0005東京都文京区水道1-3-30
TEL 03-3868-3275
装丁・本文イラスト－ユウナラ
文庫デザイン―AFTERGLOW
（レーベルフォーマットデザイン－ansyyqdesign）
印刷－中央精版印刷株式会社

価格はカバーに表示されてあります。

落丁乱丁の場合はアルファポリスまでご連絡ください。

送料は小社負担でお取り替えします。


ISBN978-4-434-29486-0 C0193